고양이 순살탱

내가
선택한 가족

고양이 순살탱

김주란 지음

내가
선택한
가족

야옹서가

고양이를 만나기 전까지 계획 없이 하루하루 살았다. "가는 데 는 순서 없다"며 언제 죽어도 미련 없을 사람처럼 굴었다. 하지만 순구를 키우며 처음으로 미래를 생각했다. 어떤 상황에서도 내 고양이를 끝까지 책임지는 사람이고 싶어서, 내게도 지키고 싶은 소중한 가족이 생겼으니까.

2015년 3월, 우연히 들른 펫숍에서 순구를 보았다. 진열장 구석에 웅크린 하얀 새끼 고양이가 마음에 밟혀 충동적으로 데려왔지만, 순구를 키우며 펫숍의 현실을 알게 됐다. 그전까지 펫숍에는 잘 관리된 건강한 고양이만 있는 줄 알았다. 그런데 순구는 우리 집에 올 때부터 잔병치레를 했고, 언제 스코티시폴드 특유의 유전병이 발병할지 몰라 늘 불안했다. 어릴수록 상품 가치가 높다는 이유로 너무 일찍 엄마와 떨어져 팔려나온 순구를 보며 깨달았다. 동물보호단체에서 강조하는 "사지 마세요, 입양하세요"란 말이 왜 나왔는지.

언젠가 둘째를 맞이한다면 보호소에서 데려오기로 결심했던 그해 여름, 한쪽 눈이 없는 살구를 만났다. 당시 두 번의 이사와 파혼을 겪으며 심신이 피폐해진 상태였지만, 쉽게 입양되지 않는 살구가 안쓰러워 서둘러 집으로 데려왔다.

하지만 순둥이인 줄로만 알았던 순구는 살구가 제 영역을 침범

했다고 여겼는지 자주 티격태격하며 힘들어했다. 예전보다 나아지긴 했지만 요즘도 가끔 싸운다. 서로 털을 물어뜯어 뽑으며 한바탕 싸우고 나면 꽃가루 같은 털이 사방에 흩날린다. 지금이야 '꽃길 이벤트' 아닌 '털길 이벤트'라며 웃지만 그땐 나름대로 심각했다.

2018년 1월, 임시보호까지만 하려 했던 탱구를 셋째로 입양한 건 인생의 또 다른 전환점이었다. 선천적으로 안구가 형성되지 않은 탱구는 앞을 보지 못했지만, 예민한 청각과 뛰어난 기억력, 타고난 넉살로 자연스럽게 우리 가족에 스며들었다. 시각장애 고양이를 키우는 법에 대한 해외 자료를 공부해가며 결심한 탱구의 입양은 남다른 의미가 있었다. 파혼했던 남자친구 섭이와 다시 결혼을 준비하며 "함께 고양이를 키우자"는 전제 하에 결심한 일이었기 때문이다.

우리가 원하는 방식대로 결혼하고 싶어서, 결혼식과 신혼집 장만은 생략하고 혼인신고만 했다. 절약한 돈으로는 제주에 민박집을 열었다. 제주는 아픈 몸과 마음을 치유해준 땅이었다. 이곳에서 민박을 시작하는 건 단순히 새 직업을 갖는 것 이상의 의미를 지닌 일이었다. 그건 순구, 살구, 탱구와 남편 섭이, 그리고 내가 진정한 가족을 이룬 이곳에 단단히 뿌리 내리겠다는 의지의 표현이기도 했다.

정현종 시인은 〈방문객〉이라는 시에서 "사람이 온다는 건/실은 어마어마한 일이다"라고 썼다. 사람이 올 때는 한 사람의 일생이 함께 오기 때문이라며…. 겪어보니 한 마리의 고양이가 온다는 건 그보다 더 큰일이었다. 고양이의 과거와 현재, 미래까지도 모두 책임져야 하기에.

'고양이들과 건강하고 행복하게 살기'라는 평범한 꿈을 지키는 건 생각보다 어려웠다. 순구가 아프면 적잖은 병원비 앞에서 가난을 절감했고, 파혼으로 절망의 밑바닥까지 떨어졌을 때도 살구 입양에 신경 쓰느라 힘들어 할 여유조차 없었다. 사료, 간식, 화장실 모래 값과 병원비, 비루한 체력까지 모든 것이 내가 감당해야 할 삶의 무게였다. 그래도 날마다 생각했다. 고양이를 인생에 들인 것보다 행복한 일은 없었다고.

살면서 고양이에게서 세상 무엇보다 큰 위로를 받았다. 그건 피를 나눈 가족도 해 주지 못한 일이었다. 강압적인 아버지와 살며 얻은 우울감, 난치병인 섬유근통증후군과 싸우며 지친 마음은 한때 어둠으로 가득했다. 그 시절의 기억으로 생긴 성격과 습성은 쉽게 바뀌지 않고, 지금도 그로 인해 벌어지는 많은 일을 감수해야 한다. 때때로 과거의 트라우마가 나를 흔들지만, 고양이들이 있기에 하루를 살아갈 힘을 얻었다. 첫 고양이 순구가 어두운 마음을 비추는 빛이 되어

주었고, 그 빛이 세상 모든 고양이의 삶에 눈뜨게 했다. 순구와의 행복한 기억 덕분에 살구와 탱구를 가족으로 맞이할 용기도 생겼다.

　　고양이와 살아보기 전까지는 입양 뒤에 얼마나 큰 책임감이 따르는지 몰랐다. 그래서 이 책은 '준비되지 않은 집사'가 좌충우돌했던 경험으로 가득하다. 부끄럽지만 그 이야기를 솔직히 털어놓는다. 책을 읽는 분들이 순구, 살구, 탱구의 사랑스러운 모습만 보기보다, 그 뒤에 숨은 양육의 어려움을 알고 신중하게 고양이 입양을 결심해 주셨으면 하는 마음에서다.

　　특히 장애가 있거나 몸이 아프다고 해서, 혹은 이미 다 컸다는 이유로 입양을 가기 힘든 성묘들이 가족을 만나는 데 이 책이 조금이나마 도움이 되면 좋겠다. 다 커서 만났지만 여전히 아기 같고 사랑스러운 살구와 탱구를 통해, 꼭 어린 고양이를 입양해야만 행복할 거라는 선입견이 줄어든다면 더할 나위 없으리라.

2019년 9월 김주란

차례

호구 집사의 과거

어린 시절의 부정적인 경험은 동물에 대한 선입견을 만든다. 내가 어렸을 때 부모님은 "병균 옮는다"며 동물을 만지지도 못하게 했다. 동물은 더러운 존재라는 생각이 마음속에 자리 잡으면서, 어른이 되어서도 개를 보면 피해서 멀리 돌아갔다. 혹시 물까 봐 무서웠고, 손이 더러워지는 게 싫어서 만지는 건 생각도 못 했다. 길고양이는 쳐다보지도 않았다. 그랬던 내가 지금은 고양이 세 마리와 함께 살고, 마당 길고양이들의 밥을 챙겨주며 중성화수술까지 해 주게 되었다. 모든 것이 순구, 살구, 탱구를 만나며 생긴 변화다.

동물에 무관심한 정도를 넘어 무지했던 내가 동물을 키워 볼까 생각한 건 외로움 때문이었다. 2012년 유학 생활을 마치고 돌아와 취업하면서 자취를 시작했을 때 즐겨 보던 SNS 계정이 있었다. 그 계정에는 고양이가 주는 위로에 대한 글이 자주 올라왔다. 고양이를 키우면 정말 저럴까 싶었다. 하지만 동물을 키우기엔 돈도 시간도 없었다. 내가 살던 방은 싱글침대 하나만으로도 꽉 찰 만큼 좁았고, 괜히 동물을 들였다가 집주인에게 트집 잡힐까 걱정도 됐다.

다른 생명을 책임지기엔 몸도 약했다. 2014년 회사를 그만두고 본가로 들어갔을 때 몸살이 한 달이나 이어졌다. 동네 병원에서는 종합병원에 가 보라고 권했다. 검사 결과는 섬유근통증후군. 통각에 이상이 생기는 병이어서 가만히 있어도 두들겨 맞은 것처럼 아팠다. 손에 물이나 바람이 닿기만 해도 살이 찢어지는 듯 아팠고, 관절과 근육도 약해져서 누워만 있어야 했다. 한국에 알려진 지 20년도 채 안 된 희귀 난치병이라 원인도 모르고, 고칠 수도 없다는 말에 더 힘들었다.

섬유근통증후군 환자 중 70% 이상이 우울증을 함께 겪는다. 의사가 강력한 항우울제를 처방해줬지만 부작용도 컸다. 일하는 날에는 그 약을 먹지 않아야 겨우 일상생활이 가능했다.

하지만 마냥 누워만 있을 순 없었다. 파트타임으로라도 일해야 했기에 영어 과외를 시작했다. 누군가를 가르친다는 게 부담스러웠지만 상근직으로 일하기는 무리여서, 정해진 시간에만 일하면 되는 일자리가 필요했다.

담당 의사는 항우울제 부작용에 힘들어하는 내게 "반려동물을 키우면 우울증 치료에 도움이 될 수도 있다"고 했지만, 동물은 절대 안 된다는 부모님께 얹혀 사는 처지라 불가능했다. 할 수 있는 거라곤, 고양이를 키우는 사람들의 SNS 계정을 매일 들여다보며 마음을 달래는 일뿐이었다.

나중엔 이 아이는 없을 거예요

그러던 어느 날, 수업이 끝나고 다음 수업까지 비는 시간에 엄마와 점심을 먹고도 시간이 남아 가까운 펫숍에 들렀다. 부끄럽지만 그때는 펫숍에서 동물을 사고파는 일에 별 문제의식을 느끼지 못했다. 그저 그 무렵 알게 된 '러시안 블루'라는 품종이 어떻게 생겼는지 보고 싶었고, 그런 고양이가 가격이 얼마나 할까 궁금했다.

펫숍에는 스케치북 크기만 한 유리 진열장에 새끼 고양이가 한 마리씩 있었다. 큰 고양이는 하나도 없고 새끼 고양이만 있는 풍경이 낯설었다. 고양이들은 절규하듯 "빽빽" "짹짹" 울며 문틈으로 앞발을 휘저었다. 막연히 상상했던 귀여운 "야옹" 소리와 사뭇 다른 울음소리였다. 데려가 달라는 듯 버둥거리는 모습이 짠했다.

그중에는 보고 싶던 러시안 블루도 있었고, 자기를 봐 달라며 적극적으로 어필하는 뱅갈 고양이도 있었다. 그 와중에 한쪽 구석에서 털을 바짝 세운 채 쭈그려 앉은 하얀 스코티시폴드가 눈에 들어왔다. 혼자 의욕 없이 웅크린 모습이 신경 쓰였다.

펫숍 주인이 건네준 고양이들을 한 마리씩 안아 보았다. 어깨를 타고 넘어가려는 녀석, 내 손을 긁으며 발버둥치는 녀석… 활동적인 다른 고양이들과 달리 하얀 새끼 고양이는 내 품에 안겨 벌벌 떨었다. 왠지 그 고양이가 마음에서 떠나지 않았다.

펫숍 주인은 나와 잠깐 이야기를 나눠 보고는, 고양이에 대해 하나도 모른다는 걸 금세 눈치 챘다. 가격을 물어보았더니 지금 생각해도 어이없는 금액을 불렀다. 하지만 어차피 고양이를 사러 간 건 아니었으니 "나중에 올게요" 하고 돌아서려 했다. 그 순간 주인의 한마디가 나를 멈춰 세웠다.

"나중에 오셔도 다른 스코티시폴드는 있겠지만, 이 아이는 없을 거예요."

그 말에 엄마도 나도 문을 열고 나가려다 멈췄다.

'이 여자, 장사 잘 하네.'

닳고 닳은 장사꾼의 수완이라 생각하면서도 발을 뗄 수 없었다. 내 눈에 밟힌 건 겁 많은 저 아이였지, 다른 하얀 스코티시폴드가 아니었으니까. 엄마도 나와 비슷한 생각을 했는지 빨리 나가자고 재촉하지 않았다.

그 무렵 회사를 그만두고 본가로 들어갔지만 영어 과외를 하며 다시 돈을 벌기 시작한 터라, 독립하려고 원룸을 알아보던 중이었다. 언젠가 고양이를 키우게 될지도 모른다는 생각에 구경 간 것도 사실이었다. 하지만 고양이 가격대가 얼마인지만 알아보려고 처음 들른 펫숍에서, 예정에도 없던 흰 고양이에게 마음을 뺏길 줄은 몰랐다.

역대급 '충동구매'

내 마음이 흔들리고 있다는 걸 알아챈 펫숍 주인은 잽싸게 다양한 혜택을 제시했다. 구입한 지 14일 내에 고양이가 아프면 교환이나 환불을 해 주겠다는 둥, 연계 병원이 있으니 병원비도 비싸지 않을 거라는 둥, 지금 데려가면 모래와 사료도 거저 주겠다는 둥…. 언뜻 듣기엔 괜찮은 조건처럼 들렸다. 주인은 급기야 파격 할인까지 해 주겠다며 쐐기를 박았다.

"스코티시폴드는 흰색이 제일 인기가 많아서 비싸요. 원래는 가격이 80만 원인데, 앞발에 노란 자국이 좀 있으니까 10만 원 깎아줄게요. 저 자국도 금방 없어질 거예요."

나는 그 와중에도 '회색 고양이가 좋은데…. 하얀 고양이는 내 이미지랑 안 어울리는데 어떡하지?' 하고 생각하며 갈등했다. 그때 내게 고양이를 데려온다는 건, 이상적인 나의 이미지를 완성해 줄 상품을 구입하는 것과 다를 바 없었다. 고양이 수명이 얼마나 되는지도 몰랐으니, 한번 데려가면 20년 가까이 키워야 하는 책임의 무게를 생각해본 적도 없었다. 단지 새끼 고양이가 불쌍해서 그냥 나가기엔 편치 않았던 마음-망설임의 이유는 딱 그것뿐이었다. 하필 그날 통장에는 얼마 전 고민 끝에 해지한 개인연금 환급금 90만 원이 들어있었다. 그 고양이를 사고도 남는 돈이었다.

어떻게 할지 판단이 서질 않아서, 당시 결혼까지 생각했던 남자친구 섭이에게 전화를 걸었다. 내가 고양이를 좋아하는 걸 잘 알고 있었던 섭이는 "원하는 대로 하라"며 응원해 주었다. 결국 남자친구의 응원과 엄마의 묵인 속에, 하얀 새끼 고양이를 데려오는 쪽으로 마음이 기울었다.

지금 생각해보면 아무 의미도 없는 입양계약서를 쓰고, 이동장도 없이 구멍 뚫린 종이상자에 고양이를 담았다. 제대로 된 곳이었다면 "혹시 고양이가 달아날 수도 있으니 이동장부터 사라"고 조언했을 텐데 그런 말도 없었다. 운 좋게 '호구 손님'을 만났다고 여겼던지, 이야기가 길어지면 마음이 바뀔까 걱정됐는지 서둘러 팔아넘기는 데만 급급했다. 2015년 3월, 아무런 준비도 계획도 없던 내게 너무나 충동적으로 첫 고양이가 생겼다.

서양 고양이, 순구

강아지나 고양이를 기르게 되면 지어 주려고 예전부터 생각해 둔 이름이 있었다. 밥은 굶어도 커피는 굶지 않겠다고 다짐할 만큼 커피를 좋아했던지라, 아메리카노에서 따온 '카노'와 카푸치노에서 따온 '치노'면 어떨까 생각했다. 하지만 이 아이는 생김새가 너무 대놓고 서양 고양이 같아서 역설적으로 토속적인 이름을 지어 주고 싶었다.

'하얀색이니까 구름, 호빵, 두부, 시루 같은 이름은 어떨까? 가수 이름을 따서 용필이나 영남이도 괜찮을 거 같고….'

내가 아는 가장 촌스러운 이름 중 하나인 엄마 이름 '순덕이'도 후보였다. 왜 순구로 정했는지는 기억나지 않지만, 여러 후보 중에서 가장 입에 잘 붙는 이름이었던 모양이다. 운명은 이름 따라 간다더니, 순구는 정말 이름처럼 착한 순둥이였다. 훗날 엄마와 나는 "역시 이름을 잘 지어 '순한 순구'가 됐나 보다"라며 뿌듯해했다.

순구를 데려오면서 펫숍에서 일러준 대로 물과 사료를 담을 그릇, 고양이 전용 모래를 넣을 화장실도 샀다. 어제까지만 해도 혼자였던 방에 갑자기 나 말고도 살아 움직이는 존재가 생겼다. 기분이 묘했다. 내 고양이가 생기면 마냥 신날 줄 알았는데, 좋으면서도 한편으론 부담스러웠다.

작디작은 고양이를 보노라니 갑자기 막막한 감정이 솟구쳤다. 고양이와 함께 사는 삶은 힐링 그 자체일 거라고 상상만 하다가, 막상 데려와 보니 책임질 일도 걱정되는 일도 많았다. 무엇보다도, 일하러 나간 동안 빈집에 혼자 남은 순구가 잘못되면 어쩌나 하는 생각에 무서웠다. 고양이 집사라면 외출하면서 한번쯤 해보았을 법한 걱정이지만, 내 경우에는 걱정의 크기와 깊이가 남달랐다. 당시에도 불안장애가 좀 있었기 때문에 그 작은 방에서 순구가 죽거나 다칠 수 있을 법한 사고의 가짓수가 100가지도 넘게 떠올라 불안했다.

펫숍 주인은 일주일 정도는 고양이가 구석에 숨어 안 나올 거라며 "적응 기간 중에는 사람이 안 볼 때 밖으로 나와 알아서 먹고 마실 테니, 숨더라도 억지로 끄집어내거나 다가가려 하지 말라"고 조언했다. 그래서 순구가 새로운 집에 적응할 때까지 시간을 갖고 기다릴 생각이었다.

하지만 펫숍 주인의 짐작과 달리, 순구는 집에 오자마자 천연덕스럽게 여기저기 돌아다니며 냄새 맡고 부딪히고 물건을 떨어뜨렸다. 펫숍 진열장 안에서는 웅크려 떨며 적응 못 하던 순구가, 훨씬 넓은 내 방에는 더 빨리 적응한 것 같았다. 이제 여기가 안심하고 살 수 있는 제 집이란 걸 알기라도 하는 것처럼.

엄마라는 말의 무게

내가 아는 한 엄마는 동물을 싫어했다. 한데 순구를 데려온 날은 나를 집에 데려다주고도 회사로 돌아가지 않았고, 방에 남아 계속 순구만 쳐다봤다. 딱히 귀여워해 주거나 쓰다듬어 주지도 않으면서 물끄러미 보기만 하다가, 문득 불쌍하다고 했다. 이제 가족도 생기고 행복할 일만 남았는데 뭐가 불쌍하냐고 했더니 "이 작고 어린 것이 어미랑 일찍 떨어진 게 안타깝다"는 거였다.

나도 순구를 걱정하긴 했지만, 그건 혹시 일어날지 모를 사고에 대한 불안이었지 순구의 삶 자체에 대한 걱정은 아니었다. 하지만 엄마는 순구가 낯선 곳에서 느낄 외로움과 두려움에 공감하고 함께 마음 아파했다. 그제야 깨달았다. 고양이를 데려와 스스로 엄마라 말한다고 진짜 엄마가 되는 건 아니라고. 고양이 마음에 감정을 이입하고, 그 입장에서 생각할 수 있어야 진짜 가족인 거라고.

순구가 온 뒤로 엄마는 매일 눈뜨자마자 방에 들어와 순구를 한참 보고, 자기 전에도 찾았다. 심지어 낮에 일하다가도 잘 있나 집에 들러 확인할 정도였다. 딱히 애교부리지 않아도, 먹고 자는 모습만 보아도 미소 지으며 좋아하셨다. 말씀은 안 하셨지만, 막 갱년기에 접어든 엄마에게도 이 작은 생명이 적잖게 위로가 되었던 모양이다.

반품된 고양이는 어디로 가나

순구는 집에 온 첫날밤부터 설사와 기침을 했다. 손바닥만 한 몸으로 연신 기침하느라 힘들었는지, 조그만 눈이 온통 새빨개졌다. 새벽 내내 걱정스러운 마음으로 지켜보다 다음 날 아침이 되자마자 펫숍에 전화했다. 데려오면 다른 고양이로 교환해 주겠다고 했다.

'교환해 준다고?'

그 말을 듣고 그날 처음으로 생각했다. 동물을 사고팔고, 물건처럼 교환하고 환불하는 것이 옳은 일인지에 대해. 물건을 샀는데 결함이 있다면 환불해 주는 게 당연하다. 재활용하거나 버리면 되니까. 하지만 살아 있는 고양이는 어떻게 되는 거지? 고양이를 파는 가게니까 돈을 주고 사긴 했지만, 그것도 해서는 안 되는 일이었나? 어디서부터 잘못된 거였을까? 어제까지만 해도 펫숍의 여러 '상품' 중 하나였고, 회색이 아니어서 살 생각도 없었던, 하지만 이제 가족이 된 고양이의 생명의 무게가 하루 만에 다르게 느껴졌다.

"교환하면 이 아이는 누가 데려가나요?" 하고 물었더니 잘 치료해서 좋은 곳에 간다고만 했다. 하지만 반나절 사이 순구와 정이 들어버린 터라 돌려보낼 수 없었다. 고양이가 어떻게 될지도 모르는 교환에 응하기보다, 치료해서 낫게 해 주고 싶었다.

펫숍에 들러 일단 사흘 치 약을 받아왔다. 하지만 약을 먹어도 눈은 점점 더 빨개졌고 설사도 멈추지 않았다. 펫숍에서는 병원을 소개해줄 테니 데려오라 했지만, 처음부터 교환 운운했던 그들을 믿을 수 없어서 집 근처 병원으로 갔다. 의사가 대뜸 물었다.

"얘 어디서 데려왔어요?"

나는 질문의 취지를 이해 못 하고 "오산이요" 하고 대답했다.

탐탁지 않은 눈으로 나를 쳐다보던 의사가 다시 "얼마 주고 데려왔어요?" 했다. 이어서 그는 "고양이 감기의 일종인 허피스 바이러스에 감염된 것 같다"며, 생후 2개월도 안 돼 보이는 데다, 너무 작고 약해서 오래 살지 못할 거라고 했다. 한마디로 아픈 고양이를 사기당해 샀다는 말이었다.

아직 어린데, 치료만 받으면 건강해질 것 같은데… 오래 살지 못할 거라는 말을 도저히 받아들일 수 없었다. 알아봤더니 건강한 고양이라면 가볍게 앓고 끝나지만, 면역력이 약한 새끼 고양이는 2차 감염으로 이어질 경우 죽을 수도 있다고 했다. 시니컬한 그 의사가 있는 병원까지 덩달아 못미더워져서, 집에서 좀 멀지만 평판이 좋은 다른 병원을 검색해 찾아갔다. 꼭 살리고 싶었다.

재검사를 받아보니 순구가 앓는 병은 허피스 뿐만이 아니었다. 펫숍에서 데려올 때 앞발에 있던 노란 얼룩-뭐가 좀 묻은 거라고, 씻기면 곧 사라질 거라던 얼룩은 곰팡이성 피부병의 일종인 링웜이었다. 아픈 걸 뻔히 알면서도 거짓말로 둘러댄 펫숍 주인에게 새삼 화가 치밀었다.

상상초월 동물병원비

환경이 바뀐 탓에 면역력이 떨어지면서 순구의 링웜은 더 넓게 번지기 시작했다. 아직 접종도 못 한 어린 고양이여서 주사를 놓기도 어려웠다. 약을 먹이고 안약을 넣고 피부를 소독하고 연고를 바르는 정도가 치료의 전부였다.

통원 치료는 몇 달이나 이어졌다. 일주일에 두세 번씩 병원을 오가느라 치료비로만 수백만 원이 들었다. 자그만 고양이 한 마리에 드는 병원비가 이렇게 비쌀 줄은 몰랐다. 순구를 데려올 때만 해도, 고양이를 키우면서 드는 돈이라곤 전용 사료와 화장실 모래 값 정도일 줄 알았다. 언젠가 병원에 갈 일이 생긴다 해도 '기껏해야 예방접종비로 3~4만 원 정도 들겠지' 하고 생각했다.

결국 내 몸이 아픈 상황에서도 순구 병원비를 대기 위해 할 수 있는 수업은 가리지 않고 다 해야 했다. 하지만 이상하게도 그 돈이 아깝지 않았다. 당장 한 푼이 아쉬워서 개인연금까지 깬 형편에 돈을 버는 족족 순구에게 다 쓰면서도, 치료하면 고칠 수 있는 병이란 말에 안심했다. 당시엔 병원비를 댈 수 있어 다행이라고만 여겼지만, 돌이켜보면 그때 닥치는 대로 했던 일들이 쌓여 지금의 경력이 되었으니 그것 또한 감사한 일이다. 전화위복이라고나 할까.

부실한 가족

순구는 선천적으로 콧구멍이 너무 작아서 아저씨 같은 숨소리를 냈다. 코도 자주 골았다. 그런 녀석에게 건조한 공기와 감기는 숨 쉬는 데 치명적이었다. 너무 심하게 기침을 하거나 숨 쉬기 힘들어 하는 날은 네뷸라이저로 가슴 치료를 해야 했다. 뿌연 수증기가 뿜어져 나오는 유리 상자에 몇 시간씩 두면, 순구는 갇혀 있는 게 답답한지 소리소리 질렀다. 예방 접종을 하기 전에 항체 검사를 하다가, 발병하면 복막염으로 죽는다는 칼리시 바이러스까지 보유하고 있다는 걸 알았다. 게다가 면역력이 워낙 약해서 3차까지 접종을 끝냈는데도 항체가 제대로 생기지 않아 재접종을 해야 했다.

면봉에 약을 묻혀 아침저녁으로 앞다리에 정성껏 발라주었지만 링웜은 끈질기게 낫지 않았고 꼬리까지 번졌다. 게다가 곰팡이로 전염되는 인수공통 전염병이어서, 면역력이 좋지 않은 내게도 옮고 말았다. 링웜이라는 병명처럼 팔에 동그란 자국이 생겼는데, 가렵다고 긁으면 다른 부위에도 옮는다고 해서 꾹 참고 약을 바르며 견뎠다. 같은 병을 앓게 되니 순구가 겪었을 불편함과 고통이 온몸으로 느껴졌다. 펫숍에 있을 때부터 내내 가려웠을 텐데, 발이 닿지 않는 곳은 사람처럼 시원하게 긁을 수도 없으니 얼마나 힘들었을까.

순구가 조금 더 편하게 지낼 수 있도록, 지금까지 살면서 한 번도 챙겨본 적 없던 실내 습도와 온도까지 신경 쓰기 시작했다. 엄마는 순구를 신생아 키우듯 애지중지 보살피는 내게 "제 몸도 부실한 게, 어디서 더 부실한 걸 데려와 가지고 허리가 휘네"라며 혀를 찼다.

그래도 희망을 잃지 않았던 건, 오랫동안 아파서 병원에 다니면서도 순구가 늘 엉뚱하고 활기찬 모습이었기 때문이다. 아픈 고양이 같지 않게 식욕도 남달라 밥도 잘 먹어주었다. 병원 가는 길에 이동장을 찢을 듯 긁으며 꺼내달라고 내내 울던 순구는, 점점 적응해서 차에 타면 알아서 잠들 만큼 통원치료에 익숙해졌다.

성격은 좋지만 툭하면 아픈 순구가 하루빨리 어른이 되길 빌었다. 더는 작고 귀여운 고양이가 아니어도 좋았다. 성묘가 되면 지금보다 건강하고 안정적으로 지낼 수 있을 것 같았다. 덩치 큰 아저씨 고양이가 되어도 지금처럼, 아니 그보다 더 사랑해주겠다고 다짐했다.

돌이켜보면 그런 마음이 둘째 살구나 셋째 탱구를 데려올 때도 영향을 미쳤던 것 같다. 성묘의 듬직함을 알게 되면서 더는 어린 고양이만 찾지 않게 되었으니까.

고양이 모습을 한 천사

섬유근통증후군 탓에 몸은 여전히 아팠고, 순구를 돌보느라 이런저런 걱정은 늘었지만 오히려 전보다 밥도 잘 먹고 잠도 푹 잘 수 있었다. 그전부터 만성적인 우울감에 허덕였지만, 순구와 함께 살면서부터 평소 느껴지는 우울의 무게가 확실히 달라졌다. 기분이 조금 처지는 날에도 예전과 비교하면 별일 아닌 것처럼 느껴졌다. 믿을 수 없을 만큼 큰 변화였다.

내겐 항우울제나 신경통증 치료제보다 순구가 더 효과 좋은 치료제였다. 일단 주기적으로 아픈 순구에게 신경 쓰다 보니, 내 문제로 인해 깊은 우울감에 빠질 겨를도 없었다. 조금만 마음이 가라앉으려 하면 순구는 여러 가지 방법으로 주의를 분산시켰다. 매사에 불안을 자주 느끼던 나와 달리, 순구는 만사태평하고 낙천적인 성격이었다. 순간순간 엉뚱한 행동으로 나를 웃게 해서 힘들다가도 웃음이 났다. 고양이가 언제나 곁에 있다는 것이 이만큼 든든한 위로가 될 줄은 몰랐다.

오랜 유학 생활 동안 힘든 일이 생겨도 혼자 삭이며 버티는 게 습관이 된 내게, 순구는 더할 나위 없이 완벽한 친구이자 가족이었다. 그래서 1년 전부터 예약해뒀던 '제주도 한 달 살기'도 순구를 보다 안정적인 환경에서 돌보기 위해 기꺼이 포기할 수 있었다.

딸의 뚜렷한 변화를 곁에서 지켜본 부모님도, 동물은 좋아하지 않았지만 순구만은 이해해주셨다. 기관지가 약한 아빠가 털 날리는 동물을 멀리해야 해서 순구를 방에서만 키워야 했지만, 방문 밑으로 빠져나간 몇 오라기 털만으로도 잔소리를 멈추지 않던 아빠는 언젠 가부터 매일 아침 손수 청소기를 돌리기 시작했다. 집안일을 하는 아빠라니, 예전에는 상상도 할 수 없는 일이었다.

아빠는 순구를 대놓고 귀여워하진 않았지만, 화장실 실수도 한 적 없고 가르치지 않아도 매일 스스로 세수하는 고양이를 신기해했 다. 술에 취해 들어오는 날이면 순구를 찾으며 말을 걸었다. 엄격했던 평소 모습과는 너무 달랐다. 그런 아빠의 변화가 놀라우면서도 흥미 로웠다. 급기야 엄마와 남동생도 인스타그램에서 유명한 고양이들을 팔로우하기 시작하더니, 세상의 다른 고양이들을 향해, 나아가 길고 양이들에게 관심을 갖기 시작했다.

이 모든 것이 작은 고양이 한 마리가 우리 집에 가져다준 변화 였다. 아마도 저 높은 곳의 누군가가, 아픈 나를 측은히 여겨 고양이 모습의 천사를 보낸 게 아닐까 싶을 만큼.

알면 보이는 것들

영국 유학을 마치고 귀국했을 때 2년 정도 직장생활을 한 적이 있었다. 남들은 다 부러워하는 대형 엔터테인먼트 회사였지만 내 눈에는 모든 게 이상해 보였다. 불합리한 업무 분배, 소모적인 사내 정치, 비효율적인 시간 활용과 비생산적인 시스템, 온갖 비상식적인 일이 난무했다. 한마디로 보스는 있으나 리더는 없는 조직이었다. 다시는 이런 회사나 보스의 목표를 위해 소중한 인생을 허비하기 싫었다. 프리랜서로 일하게 된 것도 그 때문이다. 부조리한 조직생활에는 회의를 느꼈지만, 그래도 세상은 합리적인 원칙 아래 돌아가고 있을 거라 믿었다. 자본주의 사회에서는 공짜보다 대가를 지불했을 때 더 좋은 결과물을 얻는 게 당연한 이치 아닌가. 하지만 적어도 고양이 입양에 있어서는 이 원칙이 100% 맞아떨어지지 않는 걸 알았다.

순구를 데려오기 전까지는 생명을 돈 주고 사는 행위가 옳은지에 대해 고찰해본 적이 없었다. 그저 막연하게 고양이를 한번 키워 보고 싶었고, 주변에 널린 게 펫숍이니 거기서 동물을 사는 것이 통상적인 입양 방법인 줄 알았다.

보호소 고양이에 대한 편견도 있었다. 큰돈을 지불해야 하는 펫숍에는 태어날 때부터 잘 관리된 건강한 고양이가 있고, 버려진 고양이를 무료로 입양할 수 있는 보호소에는 아픈 고양이들이 있을 것 같았다. 나 같은 고양이 초보가 그런 고양이를 돌보기는 힘들 테니, 처음부터 관리가 잘 된 고양이를 데려오는 게 맞다고 생각했다.

하지만 지불한 돈의 액수만큼 고양이가 건강할 거라는 믿음은 착각이었다. 대부분의 펫숍에서는 관리 비용을 아끼고 더 많은 이익을 남기기 위해 최소한의 관리만 하고, 심한 곳에서는 그런 기본적인 관리조차 제대로 하지 않는다는 걸 나중에야 알았다. 어릴수록 비싸게 팔리니 엄마 젖을 충분히 먹고 면역력을 갖추기도 전에 어미 고양이와 헤어지게 되고, 작고 어려 보이도록 성장기에 필요한 사료 양보다 밥을 적게 주는 경우도 비일비재하다고 한다. 내가 펫숍에 지불한 돈의 가치에는 동물에 대한 배려나 생명에 대한 존중은 포함되어 있지 않았다.

순구를 키우며 뒤늦게 알게 된 사실 때문에 둘째와 셋째는 보호소에서 데려왔고, 지금은 "사지 말고 입양하자"고 말하지만, 누군가 펫숍에서 동물을 사 왔다고 말해도 쉽게 비난할 수 없었다. 그건 바로 예전의 내 모습이기도 했기 때문이다. 그럴 때면 그저 내 경험을 이야기해준다. 서툴고 무지했던 나의 시행착오를 들은 사람들이 같은 실수를 하지 않길 바라며.

조금 모자라서 사랑스러운

순구는 조금 모자란 고양이다. 모자라지만 순해서 강아지 같은 면도 있고, 엉뚱한 모습도 많아 사랑받았다. 사실 나는 순구보다 더 모자란 집사라서, 다른 고양이들과 순구가 다르다는 것도 둘째인 살구를 데려온 후에야 깨달았다.

일단 점프를 잘 못 한다. 스코티시폴드 특유의 유전병 때문에 관절이 좋지 않아서 그럴 수도 있지만, 캣타워에서 이렇게 자주 떨어지는 어설픈 고양이는 본 적이 없다. 게다가 나중에 온 살구는 점프력이 남달라 집 안을 자유롭게 오르락내리락하는데, 첫째는 그러지 못하는 게 조금 짠했다. 싱크대 정도 높이도 혼자서 못 올라가는 고양이라니. 지금도 실수로 조금만 높은 곳에 올라가면 "나 좀 내려달라"고 낮은 목소리로 앵앵 운다.

밥을 먹을 때도 항상 흘리고 먹는다. 어쩜 그런 면은 나를 꼭 닮았는지, 입에 구멍이 났나 싶을 정도로 잘 흘린다. 특히 물을 먹을 때는 혀를 안쪽으로 굴려 찹찹 떠먹는 여느 고양이와 달리, 바깥쪽으로 찰찰 쳐내면서 흘리고 먹는다. 그래서 물 먹고 난 자리의 바닥이나 벽면은 늘 흥건히 젖어 있다. 딱딱한 음식은 씹으면서 뱉어내는 장기가 있다. 반은 먹고 반은 뱉다시피 한다. 웃긴 건, 그렇게 뱉어낸 사료는 다시 안 주워 먹는다는 점.

화장실 매너도 서툴렀다. 처음 온 날부터 자기가 싼 똥을 덮지 않았다. 설사를 하면 꼭 밟고 나왔다. 어차피 모래로 덮지도 않을 거, 싸고 그냥 나오면 될 걸 꼭 뒤돌아 한 번 냄새 맡고 나온다. 그리고 나가면서 뒷발로 슥 밟는다. 얼마나 단단한지 확인이라도 하려는 듯이. 바로 붙잡아 발을 닦으면 다행이지만, 그렇지 못하면 온 집에 똥 발자국이 찍혔다. 가끔 오줌도 밟고 나온다. 화장실 바닥이 보일 때까지 모래를 파서 맨바닥에 오줌을 싼 다음 밟고 나오기 때문이다.

고양이라면 누구나 기본적으로 잘한다는 그루밍 솜씨도 허접했다. 그 사실도 온 몸을 구석구석 늘 뽀송하게 그루밍하는 깔끔쟁이 살구를 데려온 뒤에야 비교가 되어서 깨달았다. 순구는 앞발만 열심히 그루밍한다. 그것도 처음 핥기 시작한 한쪽 발과 반대쪽 발에 8:2 정도의 시간을 할애한다. 세수도 잘 못하고, 그루밍하기 어려운 등이나 엉덩이 부분은 닦으려는 시도조차 안 한다.

그나마 기특하게 잘 하는 건 똥꼬 그루밍이다. 설사와 혈변을 달고 살던 어릴 적부터 화장실에 다녀오면 즉시 잡아다 물티슈로 닦았더니, 어느 시점부터는 구석으로 도망가 스스로 깔끔하게 핥아냈다. 정말 여러 가지로 손이 많이 가지만 그래도 사랑스러운 '빙구' 순구다.

어린 시절의 행복을 빼앗아서 미안해

고양이 성향은 타고나기도 하지만, 대부분 어릴 때 어미와 함께 지내며 배운 정보에 좌우된다고 한다. 최소 생후 2개월 정도는 엄마와 함께 지내며 젖도 먹고 고양이로 사는 데 필요한 상식을 익혀야한다는데, 순구는 그 시기를 제대로 보내지 못했다. 펫숍에서 데려올 때 생후 2개월이라고 했지만, 돌이켜보니 2개월 된 고양이라고 하기엔 작아도 너무 작았다.

펫숍의 동물들은 대부분 조금이라도 더 작고 예쁠 때 팔기 위해 어미에게서 일찍 떼어놓는다고 한다. 빨리 크지 않게 하려고 일부러 젖을 못 먹게 하는 영상을 본 적도 있는데 너무나 충격적이었다. 인기 있는 품종묘만 모아놓고 죽을 때까지 새끼만 낳게 하는, 이른바 '고양이 공장'도 있다고 했다.

순구가 어떤 과정을 거쳐 펫숍까지 왔고, 그 작은 유리 상자에서 얼마나 오래 가족을 기다렸는지는 알 수 없다. 다만 조금이라도 더 비싸게 팔릴 때를 맞추기 위해, 한 번뿐인 묘생에서 가장 중요한 어린 시절의 행복을 빼앗긴 것은 확실하다. 빙구 같은 순구가 귀엽기도 하지만, 그런 모습이 새끼 때 비싸게 팔기 위해 엄마와 일찍 떼어놓은 인간의 이기심에서 비롯된 건 아닐까 싶어 짠하다.

혼자지만 혼자가 아니야

살면서 비염이나 알러지가 뭔지 모를 정도로 둔했던 내 몸에도, 순구를 데려온 뒤부터 여러 가지 증상이 생겼다. 자주 기침했고 수시로 눈물과 콧물을 흘렸다. 축축한 눈곱은 애벌레처럼 길게 늘어졌다. 다른 건 참을 만했지만 가장 불편했던 건 눈 가려움증과 눈곱이었다. 수업 중에도 가려워서 눈을 계속 비볐고, 수업이 끝나고 거울을 보았을 때 기다란 눈곱을 고드름처럼 달고 있었던 걸 알고 창피했던 게 한두 번이 아니다. 학생과 마주보고 앉아 영어로 1대1 대화 수업을 하는 나에겐 치명적인 증상이었다.

처음엔 그게 순구 때문인 줄도 몰랐다. 아프고 난 뒤 면역력이 떨어져 겪었던 꽃가루 알레르기처럼, 환절기에 잠시 지나가는 증상이라 생각했다. 하지만 시간이 갈수록, 특히 순구와 한 방에 있을 때면 증상은 심해졌다. 급기야 밤새 콧물 때문에 잠을 못 잘 지경에 이르렀다.

그즈음엔 텔레비전에서 본 해결책을 주로 썼다. 주사기에 식염수를 담아 코에 넣고 씻어내는 방법이었다. 하지만 어느 날 새벽 갑자기 기침과 눈물, 콧물이 멎지 않고 숨이 잘 쉬어지지 않았다. 자다가 숨이 막혀 화장실로 뛰어가서 주사기를 한쪽 콧구멍에 꽂고 씻어내면서 너무 힘들어서 펑펑 울었다.

정신을 차리고 보니 순구가 화장실 문지방에 앞발을 올리고 걱정스러운 눈빛으로 쳐다보고 있었다. 화장실로 급하게 들어오느라 문을 닫지 않은 바람에 날 지켜볼 수 있었나 보다. 거울에 비친 퉁퉁 부은 얼굴이 비참해 보여 우울했는데, 맹하고 귀여운 순구 얼굴을 보니 나도 모르게 웃음이 났다. 내가 걱정되어 따라왔나 싶어 고맙기도 했다.

늘 누워만 있어야 했던 지병의 후유증으로 허리가 망가져 지금도 불편할 때가 있다. 순구를 입양한지 얼마 안 됐을 무렵엔 걷지 못할 만큼 허리가 아픈 날도 있었다. 그땐 차도 없어서 거의 기다시피 한의원에 다녀왔다. 침이나 부항은 환자가 치료를 견딜 기력이 있어야 효과가 있다고 한다. 그것도 모르고 한방 치료를 견디지도 못할 몸 상태에서 치료를 받은 바람에, 눕지도 서지도 앉지도 못한 채 옆으로 겨우 몸을 뉘어 버티고 있었다.

그런 내 곁에 순구가 다가왔다. 이 작은 녀석이 뭘 아는지 내 다리 옆에 누워 체온을 나눠주며 잠든 모습이 찡했다. 몸은 여전히 아팠지만 순구를 만나면서 마음은 오히려 건강해졌다. 아플 때마다 일어났던 우울감과 무력감이 순구를 데려오고 나서부터 많이 줄었다. 오히려 아팠던 시간들 덕분에 순구의 존재감이 한층 더 크게 느껴졌다.

발 냄새 애호가

순구는 발을 지나치게 좋아한다. 발뿐 아니라 양말, 신발, 슬리퍼에도 집착한다. 처음엔 '입이 작으니까 손가락보다 짧은 발가락을 물어뜯는 게 편해서 그런가?' 생각했다. 알고 보니 그냥 발 냄새를 좋아하는 거였다.

순구의 발 페티시 강도는 냄새와 비례한다. 평소엔 내 발만 갖고 놀지만, 엄마가 오면 바로 갈아탔다. 그러다 동생이 현관문을 열고 들어오면, 반색하며 문 앞으로 다가가 크게 울며 킁킁거렸다. 그때만 해도 엄마와 나는 순구가 그냥 남자를 선호하는 줄 알았다.

고양이 털도 싫어하고 순구에게 별 관심이 없어 내 방에는 절대 들어오지 않는 아빠가 퇴근하면 순구는 난리를 쳤다. 아빠가 그 앞을 지나치면서 발 앞부분을 쓰윽 대주면, 좋다고 골골송을 부르며 '좌로 굴러, 우로 굴러'를 반복한다. 순구가 맡아본 발 냄새 중에서는 아빠가 '끝판왕'이었던 것 같다. 밥 주고, 똥 치우고, 약 발라주는 것도 모두 난데 발 냄새 때문에 뒤로 밀리다니 분하다!

슬리퍼 위에서 노는 순구를 보고 엄마가 '족구'라는 별명을 지어줬는데, 요즘도 인스타그램에 글을 올릴 때면 #순구별명족구 태그를 쓸 만큼 순구는 여전히 발 냄새에 집착 중이다.

순구 별명 족구

순구는 요즘도 여전히 '이름을 족구로 바꿔야 하나' 싶을 정도로 사람 손보다 발을 선호한다. 제 몸집과 비슷한 사냥감 정도로 생각하는 건 아닐까 싶을 정도다. 지난 4년간 순구가 내 발을 물고 핥고 베고 자는 사진이 정말 많은 것도, 순구의 남다른 '발 사랑' 때문이다.

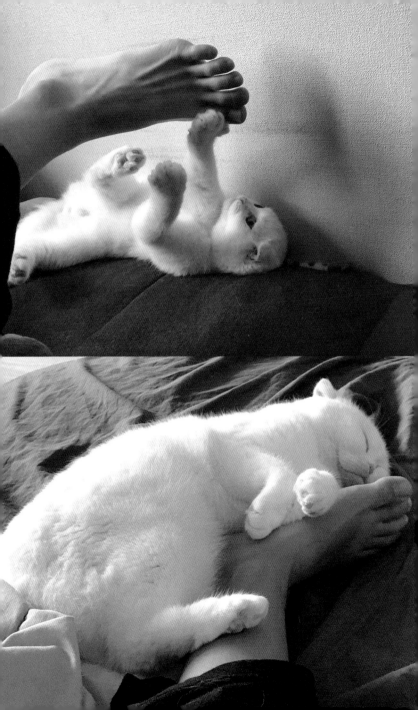

안녕, 땅콩

　고양이에 대해 하나도 모르는 '고양이 무식자'였지만, 순구가 아파서 매주 병원에 드나든 덕분에 중성화 수술에 대해서도 알게 되었다. 처음 데려올 때 450g이었던 순구의 몸무게가 생후 5개월 즈음 2kg이 되자 병원에서 중성화를 권했다. 수컷의 경우, 정자가 생성되는 고환을 제거하는 방식이라고 했다. 만약 수술을 하더라도 순구가 좀 더 자란 뒤에 하고 싶었지만 마침 2개월 만에 피부병도 거의 낫고 설사도 멈췄던 시기여서, 혹시라도 다시 아프기 전에 수술하는 것이 좋겠다는 의사 선생님 말씀에 고민이 시작됐다.

　살면서 나쁜 일이든 좋은 일이든 한 번쯤 경험해보는 것이 좋다고 생각한다. 순구에게도 고양이로 태어나서 해볼 수 있는 모든 일을 경험하게 해 주고 싶었다. 짝짓기도 한 번쯤 해보고, 자식도 얻어 보고, 부성애도 느껴보면 좋지 않을까 생각했다. 고양이의 건강을 위해, 또 발정 스트레스를 완화해주기 때문에 중성화 수술을 한다고는 들었지만, 한편으로는 그런 의학적 견해와 상관없이 '내가 무슨 권리로 순구의 생식 기능을 없애나' 싶었다.

　하지만 남자친구의 의견은 달랐다. 내 생각에는 어느 정도 동의하지만 우리가 순구의 자식들을 다 키울 순 없다고 했다. "새끼가 태어나면 당연히 입양을 보내야지" 하고 말했더니 그가 한 대답이 머리를 쿵 울렸다.

"어떻게 부모와 자식을 우리 맘대로 갈라 놔?"

자식을 빼앗기는 큰 슬픔을 겪게 하느니, 그런 경험은 안 해봐도 된다는 게 남자친구의 생각이었다.

"그러네…. 우리가 무슨 권리로 자식이랑 생이별을 시켜."

내 생각이 짧았다. 살면서 한 번도 고민해본 적 없는 문제 앞에서, 결국 우리는 스스로 책임질 수 없는 일은 벌이지 말자는 마음으로 순구의 중성화를 택했다. 심사숙고 끝에 입양갈 곳을 잘 골라서 보낸다 해도, 일단 우리 손을 떠나면 그곳에서 순구의 자식들을 내 맘처럼 잘 키워줄 지는 알 수 없는 일이었다.

중성화를 반대하는 사람들은 '자연의 순리를 거스르는 일'이라는 이유를 든다. 처음엔 나 역시 그랬다. 하지만 내버려두었으면 엄마와 함께 행복하게 살았을 순구를 새끼 때 생이별시키고 판매한 펫숍이나, 그런 순구를 돈 주고 사 와서 집에서 키우는 일부터 이미 자연의 순리를 거스른 일이었다. 어차피 순구가 집고양이로 20년을 살아야 한다면, 남은 삶은 스트레스를 덜 받으며 살게 해 주고 싶었다. 결국 메르스가 한창이던 6월 어느 날, 그렇게 순구는 '땅콩'을 잃었다.

'우리 애는 달라요'라는 착각

떠올리면 창피한 고양이 무식자 시절에는 개와 고양이의 성향 차이에 대해 잘 몰랐다. 개에게는 집 밖을 산책하는 일이 필수지만, 영역동물인 고양이는 익숙한 집 안에서 안정감을 느낀다는 것도.

순구를 데려오고 나서 '왜 길에 강아지만 많고 고양이는 없지?' 생각했다가 '아, 우리나라에서는 개보다 고양이를 많이 안 키우니까 잘 안 보이나 보다' 생각하고 말 정도였다. 산책 같은 수평운동을 즐기는 개와 달리 고양이는 수직운동, 즉 높은 곳을 오르내릴 수 있게 실내 환경을 조성해준다면 충분히 행복해한다는 것도 나중에야 알게 되었다.

아무나 부모가 되는 게 아니라는 말이 있다. 반려동물을 맞아들이기 전에도 부모 준비를 할 때와 마찬가지로 많이 공부하고 사전지식을 갖춰야 했지만, 나는 너무나 무지했다. 흔히 드러내놓고 동물을 학대하거나 방치하는 사람만 위험하다고 생각하기 쉽지만, 정말 위험한 것은 '무식하면서 자기가 옳다고 믿는 사람'이라고 한다. 잘못된 신념만큼 위험한 것도 없다는 뜻일 텐데, 순구를 입양한 지 얼마 되지 않았을 무렵의 내가 딱 그런 경우였다.

처음 순구와 함께 살기 시작하면서 '고양이를 집에만 가둬놓는 건 너무 사람 편의 위주로만 키우는 게 아닐까?' 하고 고민했다. 집고양이지만 순구에게 많은 걸 경험하게 해주는 것이 옳다고 믿었다.

그래서 순구를 자주 밖에 데리고 나가려 했다. 병원을 오가는 길뿐만 아니라, 야생에서 살았다면 자연스럽게 경험했을 풀과 나무, 길 위의 생명을 보여주고 싶었다. 꽃 냄새를 맡게 하고, 흙을 밟게 하고, 벌레도 잡아보는 게 좋은 경험일 거라 믿었다. 그게 고양이의 안전을 고려하지 않은 나의 착각인줄도 모르고.

심지어 남자친구와 함께 떠나는 캠핑에도 순구를 데려갔다. 다행히 순구는 텐트 안에서도, 숲 속에서도, 바닷가에서도 잘 먹고 잘 잤다. 첫 꾹꾹이도 바다 캠핑 갔을 때 텐트 안에서 해줬다. 그런 모습을 보면서 순구가 외출을 좋아하는 줄 알았고, 나야말로 고양이를 행복하게 키우고 있다고 착각했다.

고양이는 산책을 시키지 말아야 한다고, 잃어버릴 수 있으니 위험하다고 사람들이 조언해도 '우리 순구는 달라요. 얼마나 산책을 잘 하는데요' 하고 속으로 생각했다. 내 무지의 수준은 "우리 애는 안 물어요"하고 자신만만해하며 덩치 큰 사냥개를 몸줄도 없이 산책길에 데리고 다니는 사람들과 다를 바 없었다.

그런 자만은 얼마 후 순구가 크게 아프게 된 사건을 겪으면서 여지없이 깨어졌다.

위험한 산책

그날은 몹시 무더웠다. 동물병원에 들렀다가 차 에어컨이 시원치 않아 정비소에 들렀다. 수리를 기다리는 동안 순구와 함께 근처 카페에 가 있으려고 10분 정도 걸었다. 카페 근처에서 일하는 엄마가 순구를 보고 싶어 해서 5분 정도 또 걸어갔다가 다시 차를 타고 집에 왔다. 종일 뜨거운 햇살을 받은 순구는 그날부터 또 아팠다. 더위를 먹은 거라고 했다. 사람인 나도 더워서 숨이 막힐 정도였으니, 털옷 입은 순구에게 한여름 외출은 무리였을 것이다.

외출을 다녀온 뒤로 순구는 계속 헉헉거리며 개구호흡을 했고, 눈물을 흘리며 배를 내밀고 누워만 있었다. 온몸을 들썩이며 숨을 쉬었고, 잘 먹지도 놀지도 않았다. 얼음을 싫어해서 얼음물도 냉찜질도 아무 소용이 없었다. 다른 바이러스에 감염되었을 때는 아파도 잘 먹고 잘 놀던 순구가 금방이라도 죽을 것처럼 시름시름 앓았다. 사흘이나 끙끙 앓는 모습을 보니 마음이 너무 괴로웠다.

일도 약속도 모두 취소하고, 몸을 찬물로 닦아주고 24시간 에어컨을 틀며 방에서 함께 지냈다. 순구가 혹시라도 잘못될까 봐 두려웠다. 아픈 건 순구인데 내가 더 아픈 기분이었다. 차라리 대신 아팠으면 좋겠다고 기도했다. 정말 미안하다고, 무슨 일이 있어도 너보다 하루 더 살아서 끝까지 널 책임질 테니 얼른 나으라고…. 내 무지 탓에 순구가 죽을까 봐 안절부절못했다. 다행히 순구는 며칠 뒤에 기운을 차렸지만 그 뒤로는 밖에 데리고 나가는 걸 망설였다.

그러다 둘째인 살구를 데려오면서 산책은 완전히 중단했다. 살구의 입양을 주선한 분이 "산책은 절대 안 시키겠다고 약속해야 한다"면서 고양이 산책이 얼마나 위험한지 일러주었기 때문이다. 고양이는 신체 구조가 유연해서 마음만 먹으면 몸줄도 쉽게 풀고 도망간다고 했다. 7년간 매일 같은 길을 아무 일 없이 산책했지만 돌발 상황이 생기자 하루아침에 고양이를 잃어버린 사람 이야기도 들었다.

실제로 함께 살아보니 살구가 그런 경우였다. 순구와 격리하기 위해 살구 몸에 가슴줄을 하고 거실에 잠시 두었는데, 몇 번 몸부림치더니 너무나 쉽게 줄을 풀고 빠져나오는 게 아닌가. 그걸 목격하고서 '아, 순구는 그냥 탈출 시도를 하지 않았던 것뿐이구나' 싶었다. 운 좋게 위험한 상황이 오지 않았던 것뿐, 나 역시 한순간에 순구를 잃었을 수도 있었다고 생각하니 무섭고 아찔했다.

캠핑 가서 좋은 풍경을 볼 때면 '우리 고양이들도 여기 함께 있으면 얼마나 좋을까' 하는 생각이 가끔 든다. 하지만 고양이를 잃어버릴 1%의 가능성이라도 있다면 산책을 시도하고 싶지 않다. 집 안에서도 우리는 충분히 행복하니까.

인간의 이기심이 낳은 유전병

꼬리는 '고양이의 두 번째 자아'라고 불린다. 감정을 드러내는 데 그만큼 중요한 역할을 하기 때문이다. 하지만 순구 꼬리는 유독 짧고 두껍다. 여느 고양이처럼 살랑거리지도 않는다. 기분 좋으면 한껏 올라갔다가 화나면 털을 부풀리는 정도가 고작이다. 그래서 순구 꼬리는 "너구리 꼬리 같다"는 소리를 들으면서 많은 분들에게 귀여움을 받았다. 하지만 순구가 첫 고양이었던 나에겐 비교 대상이 없었기 때문에 그 꼬리가 특별하게 남다르거나 귀여운 면으로 느껴지지 않았다.

그러다 여기저기 병원을 자주 다니면서 순구의 뭉툭한 꼬리가 스코티시폴드 특유의 유전병 증상 중 하나라는 말을 들었다. 스코티시폴드는 말 그대로 귀가 '접힌(fold)' 기형적인 고양이가 태어나면서 시작된 종이다. 연골에 문제가 생겨 귀가 접힌 장애이기 때문에 다른 부위의 연골도 좋지 않다. 하지만 그런 기형적인 모습이 인간의 눈에는 귀여워 보였던 까닭에, 교배를 시켜 오늘날처럼 개체 수가 늘기 시작했다고 한다. 기형 유전자를 보유한 스코티시폴드끼리 교배하면 장애가 더 심해지기 때문에 주로 브리티시 숏헤어와 교배한다는 것까지가 내가 아는 지식의 전부였다.

돌이켜보니 처음 펫숍에서 순구를 데려올 때 가게 주인이 "이 고양이는 브리티시 숏헤어와 스코티시폴드를 교배해서 태어난 거예요"라고 강조했던 일이 떠올랐다. 그땐 왜 그런 설명을 하는지 몰랐지만, 지금 생각해보니 "우리 가게에서는 기형을 염려할 필요가 없는 고양이를 팔아요"라고 돌려서 말하고 싶었던 것 같다.

하지만 어떤 의사 선생님은 순구의 유난히 눌린 코가 같은 종끼리 교배했을 때 자주 볼 수 있는 증상이라고 했다. 꼬리도 연골이 없어서 자연스럽게 움직이지 못하는 거라고 설명해 주셨다. 이미 그때는 나도 펫숍에서 수익을 높이기 위해 어떤 일을 저지르는지 많이 보고 들었기에, 순구가 펫숍 주인의 말과는 달리 스코티시폴드 부모 사이에서 태어났다고 해도 그리 놀랄 일이 아니라고 생각했다.

모든 스코티시폴드가 유전병에 걸리는 건 아니지만 순구의 꼬리는 그럴 확률이 높다는 걸 보여준다. 그래서 성묘가 되기 전부터 지금까지 코세퀸이라는 관절약을 꾸준히 먹이고 있다. 그런 일이 일어나지 않길 바라지만 언젠가 유전병이 발병한다면, 꼬리 근처 다리부터 점차 불편해지다가 결국 마비되어 걷지 못한다고 들었다.

누군가 순구의 품종이 뭐냐고 물어보면 쉽게 대답하기 어렵다. 그냥 "스코티시폴드예요"라고 말하고 끝내기엔 뭔가 잘못하는 것 같은 기분이다. 무심코 찍어 올린 순구의 엉뚱하고 귀여운 모습이, 자칫하면 "스코티시폴드는 이렇게 귀여운 고양이랍니다" 하고 은연중에 홍보하는 것일 수도 있다고 생각하니 조심스러웠다. 순구는 무슨 품종이냐고 묻는 질문에는 굳이 대답하지 않거나 "귀엽종" 또는 "사랑스럽종"이라며 농담처럼 대답했지만, 그런다고 마음의 짐이 가벼워지진 않았다.

그래서 주기적으로 스코티시폴드의 유전병에 대해 설명하는 글을 인스타그램 계정에 올리기 시작했다. 인간의 이기심에 인위적으로 만들어진 아이들이, 입양 후에 아프다는 이유로 버림받는 일이 줄어들길 바랐다.

돈을 받고 고양이를 파는 사람들은 스코티시폴드가 마냥 귀엽기만 한 종이 아니며, 언젠가 장애가 생길 수도 있다는 것을, 그럴 경우 큰 책임과 수발이 필요하다는 점에 대해서까지는 얘기해주지 않는다. 그러니 나라도 계속 말해야 할 것 같았다. 한 사람이라도 나 같은 실수를 반복하지 않아야 강아지 공장, 고양이 공장에서 어린 동물들을 상품처럼 양산하고 판매하는 수요가 줄지 않을까.

사치가 아닌 사랑

어린 시절, 반려동물을 키우는 집에는 특별한 사람들이 살고 있을 거라 상상했다. 강아지를 키우는 친구들 집은 대부분 화목해 보였다. 그늘 없이 해맑은 아이가 살고, 아이가 필요로 할 때 늘 곁을 지켜주는 부모가 있고, 동물이 뛰어놀 넓은 마당이 있는 집. '반려동물이 있는 집' 하면 떠오르는 이미지는 그랬다. 그렇게 행복이 가득한 집에서 사랑받고 자란 사람들이, 가족과 친구를 사랑하고도 남아도는 사랑을 동물에게 나눠주는 거라 믿었다.

반면 우리 집에서는 가족 누구도 내게 충분한 사랑을 주지 못했다. 내 마음은 안중에도 없고 당신의 기대치에 맞출 것만 요구했던 아빠, 일하느라 바빴던 엄마…. 늘 사랑에 목말랐던 내게, 남에게 나눠줄 사랑 같은 건 없었다. 동물을 키우는 일은 사랑에 배부른 사람들이나 부리는 사치처럼 느껴졌다.

하지만 순구를 만나고 얼마 지나지 않아 깨달았다. 내가 순구에게 사랑을 나눠주는 게 아니라, 순구가 내게 더 많은 사랑을 주고 있다는 걸. 사랑은 마음의 여유가 있어야만 부릴 수 있는 사치가 아니었다. 내 마음이 가난해도, 사랑이 들어올 빈자리를 비워두는 것만으로도 사랑할 수 있음을 순구는 가르쳐 주었다. 나 역시 그 기억에 힘입어 다른 사람을 사랑할 수 있게 되었으니까.

순구와 종이가방

순구에겐 푹신한 방석이나 해먹, 그리고 종이상자보다 더 소중한 비닐봉지가 있다. 장
볼 때 가져온 비닐봉지를 무심히 푹 던져주면 어느새 그 위에 앉거나 들어가는 통에
'봉지 감옥'이라고 부르기도 한다. 큰 종이가방이라도 놓아두면 잽싸게 들어가서, 전생
에 사도세자가 아니었나 싶을 만큼 오랫동안 나오지 않는다.

한쪽 눈만 남은 고양이, 도키

순구는 늘 내게 위로와 기쁨이 되어주었지만, 혼자라서 외롭거나 심심하진 않을까 걱정되기도 했다. 하지만 순구의 병원비와 이를 감당하기 버거운 내 비루한 체력도 걱정이었고, 아픈 순구를 볼 때마다 마음고생이 컸던 탓에 둘째를 들이는 건 한동안 상상도 할 수 없었다.

그러던 2015년 6월경 인스타그램에서 '오키, 도키, 로키'라는 이름의 유기묘 입양 홍보를 봤다. 오키와 로키는 한쪽 눈에 문제가 있어 각막이 뿌옇게 변했고, 도키는 아예 왼쪽 눈을 적출한 상태였다. 그때만 해도 둘째를 들일 생각이 없었기에 그냥 안타까워하기만 하며 지나쳤다. 처음 발견되었을 때 고양이들은 한 상자에 담겨 길에 버려져 있었는데, 눈이 아픈 아이들이라서 버려진 건가 생각하니 더 마음이 쓰였다.

당시엔 8월 초 있을 테솔(TESOL, 영어가 모국어가 아닌 사람에게 영어로 영어를 가르치는 데 필요한 자격) 과정을 준비하면서 바빠져서 집을 비우는 시간이 길었다. 빈집에 종일 혼자 있을 순구가 걱정됐고, 남자친구와 결혼 준비를 하고 있을 무렵이었기에 생활이 안정되면 둘째도 데려올 수 있겠다고 생각하던 무렵이었다.

때마침 도키가 두 달째 입양을 못 가고 있다는 소식을 들었다.

여름휴가 기간이라 입양이 잘 안 되고, 특히 휴가철에는 평소보다 버려지는 반려동물이 늘어 더더욱 입양이 어려워진다는 것이었다.

사실 언젠가 둘째를 들인다면 암컷 새끼 고양이를 데려올 생각이었다. 원활한 합사를 위해서는 첫째와 성별이 다른 고양이가 좋고, 나이 차도 많이 날수록 좋다고 들었기 때문이다. 흔히 '치즈 냥이'로 불리는 노란 고양이들을 좋아했던 터라, 기왕이면 치즈색 암컷이면 좋겠다고 생각했다. 하지만 도키의 상황을 전해 듣고 나니 성별이고 나이고 색깔이고 상관없이 빨리 데려와야겠다는 생각뿐이었다. 8월에 올라온 입양 공고를 보자마자 남자친구에게 전화했다.

"네가 좋으면 나도 좋아."

그는 순구를 데려올 때처럼 너무나 흔쾌히 동의해주었다. 어찌 보면 철없는 동의처럼 보일지 몰라도 그게 어떤 마음인지 잘 알기에, 그리고 남자친구가 동물을 어떤 마음으로 대하는 사람인지 알기에 고마웠고 든든했다.

막상 입양 신청서를 쓰려니 뭣모르던 시절 펫숍에서 순구를 데려올 때와는 사뭇 다른 긴장감이 들었다. 가정 분양 반대에 동의하는지, 고양이 산책을 시키지 않을 것에 동의하는지 묻는 질문, 방묘문을 설치했는지 여부 등 A4 용지 6장에 달하는 질문에 답을 써내려가면서, 고양이를 제대로 키운다는 것에 대해 진지하게 생각하게 만드는 부분이 많았다.

한 마리 고양이를 살리는 데 필요한 수고

　내가 입양하려 했던 도키는 전주에서 구조되어 서울의 사설 보호소에서 임시보호 중이었다. 캣맘들이 구조해 온 고양이들을 돌보는 곳인데 '고양이 유치원'이라는 별칭으로 불렸다. 일반 보호소와 달리 중성화도 해주고 건강 검진까지 마친 후 입양 보낸다고 했다. 입양을 기다리는 두 달 동안 도키는 중성화 수술을 받고 고양이 유치원에서 다른 고양이들과 지내고 있었다.

　입양계약서를 꼼꼼히 읽어보니 내겐 입양 심사에서 불리한 조건이 생각보다 많았다. 일단 군 미필자, 경제력이 없는 미성년자, 유학 예정자, 원룸 거주자는 기피 대상 1순위였다. 이런 문구도 있었다. "결혼 및 출산 예정자는 절대 안 됨." 반려인의 결혼과 임신으로 버려지는 고양이가 얼마나 많은지 짐작하게 만드는 조항이었다. 결혼이나 출산 때문에 파양되는 고양이가 많다는 걸 알게 되면서 지금은 저 문구가 타당하게 느껴지지만, 당시 '원룸에 사는 결혼 예정자'이자 출산도 희망했던 나로서는 뭔가 입양을 시도해보기도 전에 차별받는 느낌이었다.

　고양이 입양 희망자로서는 온갖 악조건을 갖췄지만, 어느 때보다도 진심을 다해 입양 신청서를 작성했다. 결혼 예정이라는 점도 사실대로 쓰면서 순구에게 받았던 위로와 고마움에 대해 표현했다. 다행히 보호소에서는 내 진심을 믿어주셨다.

입양이 결정되고 나서 당연히 내가 데리러 갈 생각이었는데, 뜻밖에 한 가지 중요한 절차가 남았다고 했다. 우리 집에 방문해서 나를 만나보고, 고양이가 잘 지낼 수 있는 환경인지 직접 확인하겠다는 것이었다. 도키를 입양할 때도 보호소 봉사자 한 분이 서울에서 내가 있는 수원 집까지 직접 도키를 데려와 주셨다.

한 번 버려진 고양이가 다시 버림받지 않도록 이렇게까지 꼼꼼히 확인하는 게 놀라웠다. 아니, 이런 일에 발 벗고 나서는 사람들이 있다는 게 신기했다. 생계를 위해 다른 일을 해야 하는 사람들이, 고양이 한 마리의 행복을 위해 평일에 다른 지역까지 찾아가는 수고를 마다않는 책임감이라니. 이에 비하면 나는 순구를 정말 쉽게 데려왔구나 싶었다.

보호소 입양을 직접 경험해보니 고양이 한 마리를 구조하고, 돌보고, 입양 보내기까지 생각보다 많은 절차와 도움이 필요하다는 것을 깨달았다. 그때만 해도 이제 펫숍이 아닌 보호소에서 둘째를 입양하는 내가 내심 기특하기도 했는데, 이분들에 비하면 난 아무것도 아니구나 싶었다. 전주에서 서울로, 서울에서 수원으로 오가며 오랜 시간 구조 고양이를 돌봐준 분들의 수고를 생각하니, 가만히 앉아 입양을 기다리는 내가 제일 편해 보였다.

도키의 새 이름, 살구

도키가 오기 전에 나름대로 만반의 준비를 했다. 살던 원룸에서 부모님 댁으로 예정에 없던 이사를 하면서 준비가 조금 지연되긴 했지만 방묘문과 방묘창을 달았고, 낯선 집에서 안심하고 숨을 수 있게 우체국 택배 상자로 은신처를 만들고, 해먹과 영양제 등을 구매했다. 병원에서 순구의 링웜 완치 확인도 받아왔다.

입양일로 약속했던 8월의 어느 더운 날, 드디어 도키가 집에 왔다. 도키를 데려와주신 봉사자 분이 건넨 입양계약서에 직업과 생년월일 등 정보를 적고, 책임비 15만 원과 파양 시 절차 등에 동의한다는 내용에 사인했다. 방묘문과 고양이 화장실 등을 확인받고, 봉사자 분이 "잘 지낼 만한 공간이네요"라며 흡족해하고서야 긴장이 풀렸다.

도키에게는 살구라는 이름을 지어 주었다. 무심코 지은 '순구'라는 이름을 따라 순구가 순한 거라는 얘기를 많이 들어서, 그럼 둘째는 '살가운 살구'가 되길 바라는 마음에서였다. 그런데 살구는 이동장에서 꺼내주자마자 방에 마련해 둔 상자에 숨어 먹지도, 마시지도, 밖으로 나오지도 않았다.

'길고양이라서 겁이 많아 그런가? 버림받은 고양이라 마음의 상처가 있나?'

지금은 그런 살구가 비교적 '일반적인' 고양이고, 낯가림 없는 순구가 조금 독특한 경우란 걸 알지만, 당시엔 순구의 입양 첫날과 많이 다른 모습에 당황하고 걱정스러웠다. 보호소에서 데려온 고양이에 대한 선입견이 아직 남아 있던 시절이어서, 혹시 순구에게 병을 옮기진 않을까, 혹은 순구를 공격하지 않을까 하는 걱정도 없진 않았다.

그날 저녁이 되어서야 상자에서 살금살금 나온 살구는 여기저기 냄새 맡고 다니며 예상외로 금방 적응했다. 하지만 문제는 순구였다. 자기가 가장 좋아하는 창가 자리를 살구가 집에 온 첫날밤 차지해 버리자, 순구는 그만 패닉에 빠졌다. 그야말로 굴러온 돌이 박힌 돌을 뽑는 격이었다. 둘 사이를 걱정하던 나까지 셋이서 새벽 5시가 될 때까지 아무도 잠들지 못하고 서로 눈치만 보며 긴장 속에 밤을 지새워야 했다.

다음날부터 살구는 나에게 온갖 애교를 부리며 꾹꾹이도 해 주고 벌러덩 누워 배를 드러내기까지 했다. 예상보다 빨리 마음을 열어준 게 고마우면서도, 그 모습이 "나를 버리지 말아 달라"는 의사표현 같아서 짠했다. 늘 혼자였던 순구가 다른 고양이의 눈치를 보는 것도, 아직은 모든 게 낯설 살구가 온 집 안을 대범하게 돌아다니는 것도 흥미로웠다. 그때까지만 해도 그 상황이 재미있게 느껴졌다. 준비 없는 합사가 어떤 결과를 가져올지도 모른 채.

잘못된 합사

사실 8월 말 살구가 우리 집에 오기 며칠 전, 충격적인 일을 겪었다. 남자친구와의 결혼이 갑자기 무산된 것이다. 항상 당연하게 둘이 함께하는 미래를 계획하다가 어느 날 예고 없이 혼자가 되니, 급격한 스트레스로 건강에 이상 신호가 왔다. 제정신이 아닌 상황에서 가장 먼저 결정해야 했던 일이 살구의 입양 여부였다.

'자주 아픈 순구도 혼자서 감당하기 벅찰 때가 있는데, 이 상황에서 다른 고양이를 데려오는 게 올바른 결정일까?'

너무 고민됐지만 이미 한 번 버려진 경험이 있는 살구였기에, 파혼으로 마음이 힘들다고 입양을 번복할 수는 없었다. 주변에선 모두 둘째 입양을 말렸지만, 그나마 도움을 받으며 고양이를 키울 수 있는 부모님 집으로 이사하면서까지 예정대로 살구를 데려왔다.

하지만 살구 입양을 강행하기로 한 내 고집은 예상보다 더 힘든 결과를 가져왔다. 동갑에 같은 성별, 심지어 순구보다 덩치도 큰 아이를 둘째로 들여도 아무 갈등이 없을 거라고 믿었으니 정말 안일했다. 그건 오로지 살구만을 위한, 어쩌면 나의 자기만족을 위한 결정이었다.

당시에는 순구를 탐탁찮게 여기는 아버지 때문에 방 안에서만 순구를 키우던 때였다. 보통 고양이들을 합사하기 전에는 격리하면서 서로 익숙해질 시간을 줘야 한다. 하지만 이런 사정 때문에 그런 과정을 생략하고 바로 둘을 합사해야 했다. 살구와 만난 첫날부터 자기가 가장 좋아하는 자리를 뺏긴 순구는 스트레스로 설사를 시작했고, 겨우 완치됐던 결막염과 링웜도 재발했다.

결국 동생에게 양해를 구하고 살구를 동생 방에 격리했지만, 순구는 살구와 한 방에서 보낸 며칠간 얼마나 스트레스를 받았는지 혼자 있을 때도 부르르 떨었다. 그 후에도 합사를 시도할 때마다 순구는 나를 공격했다. 살구를 데려오는 게 외로운 순구를 위한 일이라고 믿었지만 큰 착각이었다. 순구는 사람에게만 순하고 다정한 고양이라는 걸 그땐 미처 몰랐다.

SNS에서 행복한 다묘 가정들을 보면 늘 서로 그루밍해주는 모습이 부러웠다. 순구가 외로워 보일 때면 내 입술로 얼굴과 볼, 이마 등을 그루밍하듯 쓰다듬어 줬는데, 손으로 쓰다듬으면 귀찮아하며 쳐내던 녀석이 입으로 그루밍해줄 때면 가만히 있곤 했다. 그래서 나도 순구와 살구가 서로 그루밍해주거나 다정하게 몸을 맞대고 자는 상상을 했는데, 그것 역시 내 욕심이었다. 둘째를 들일 때까지도 나는 여전히 '고알못(고양이를 잘 알지 못하는 사람)'을 벗어나지 못하고 있었다.

우리 첫째가 그럴 리 없어

살구가 온 뒤 순구는 낯선 고양이가 되었다. 내가 아는 순구가 아니라, 전혀 다른 고양이 같았다. 워낙 순하고 배를 만져도 싫어하지 않아 '개냥이'인 줄로만 알았던 녀석이 처음으로 하악질을 하더니, 스트레스를 많이 받은 날은 나를 공격하며 갑자기 허벅지를 물었다. 늘 곁에서 함께 자던 녀석이 침대 밖에서 멀찍이 떨어져 잤고, 스트레스를 먹는 걸로 풀려는 듯 폭식하기도 했다.

합사를 시도한 지 며칠 후 살구를 어루만져 주다가 옆구리에 500원짜리 동전만 한 땜빵 자국을 발견했다. 그 부분만 털이 없이 텅 비어 있었다. 순구의 링웜을 경험한 나로서는, 혹시 살구도 피부병에 감염된 건 아닌지 의심스러웠다. 열악한 환경에서 지내다 구조된 고양이라면 그럴 수도 있을 것 같았다.

늦은 시간이었지만 급한 마음에 살구를 보내주신 분에게 전화로 여쭤봤다. 그분은 사진을 보더니 "물린 자국이네요" 했다. 하지만 난 살구를 피해 다니는 순하디 순한 순구가 그런 짓을 했을 리 없다는 확신에 차 있었다.

다음날 바로 살구를 데리고 병원에 갔더니 거기서도 물린 지 며칠 안 된 자국이라고 했다. 잠깐이나마 살구를 오해했던 게 미안했다. 게다가 합사 스트레스로 순구가 이상행동을 시작한 게 모두 내 탓 같아 죄책감이 들었다. 하지만 이제 와서 살구를 돌려보낼 순 없었다.

'순구는 순하니까 괜찮을 거야'라는 섣부른 판단으로 쉽게 생각했던 합사는 모두에게 상처를 남겼다. 격리 생활도 쉽지 않았다. 그새 나와 함께 지내는 데 익숙해진 살구는 내 기척만 느끼면 동생 방문을 긁고 열어달라며 서글픈 목소리로 울었다.

뒤늦게나마 하루 몇 분씩만 둘이 마주하게 하며 천천히 합사를 다시 시도했다. 하지만 살구는 만날 때마다 순구를 때렸고, 순구는 맞고도 가만히 있었다. 스트레스로 순구가 아픈 것도 너무 속상한데, 동생에게 맞아도 가만히 있으니 더 화가 났다. 그렇다고 살구를 꾸짖을 수도 없으니 내 탓만 할 수밖에.

합사 과정에서 갈등이 생기면, 첫째가 받을 스트레스를 염려해 둘째를 파양하는 경우가 종종 있다고 한다. 하지만 영역 동물인 고양이가 낯선 고양이와 갑자기 함께 살게 되면, 당연히 서로를 알아가는 시간이 필요하다. 그 과정에서 고양이들 사이를 중재하는 것 또한 반려인의 몫이다. 머리로는 그걸 알겠는데, 막상 눈앞에 닥치고 보니 생각보다 힘들었다. 일주일이면 끝날 줄 알았던 합사는 한 달 이상 이어졌고, 파혼과 합사 스트레스로 다시 건강이 나빠지면서 영어 과외 일도 그만두게 되었다.

샤론 순구

식빵 자세가 뭔지 모르는 고양이 순구는 두 살 즈음부터 앞발을 꼬고 앉기 시작했다.
이 자세가 편한지, 누워서도 앞발을 꼬고 있을 때가 많다. 이제는 순구가 가장 편하게
여기는 자세이자 트레이드마크가 된 '샤론 순구'는, 영화 《원초적 본능》에서 요염하게
다리 꼬는 자세로 유명해진 여배우 샤론 스톤의 이름을 따서 만든 태그이다.

놀라운 유전자의 힘

내가 아는 고양이의 기준이 순구에 국한되어 있던 시절, 순구와 조금 다른 외모의 살구를 데려온 뒤로 별 것 아닌 일에 놀라는 일이 잦았다. 일단 발바닥 색부터 낯설었다. 그때만 해도 고양이 발바닥은 순구처럼 다 핑크색인 줄 알았다. 그래서 흔히 '젤리'라는 별명으로 불리는 육구가 까만 것조차 신기했다. 처음 살구 발에 까만 젤리가 살짝 보였을 땐 '뭐가 묻었나?' 하고 오해했다.

그뿐만 아니다. 살구가 간식을 먹을 때면 입 안에 종종 거무스름한 게 보여서, 처음엔 이빨이 썩은 줄 알았다. 살구가 적응을 마칠 때까진 손대지 못하고 기다렸다가, 좀 안정된 후에 입을 벌려봤더니 핑크색 잇몸 사이로 부분적으로 거뭇거뭇한 곳이 보였다. '혹시 피부암 같은 건가?' 하고 걱정하며 병원에 데려갔더니, 고양이 털에 무늬가 있듯이 잇몸에도 유전자에 따라 분홍색 말고도 검은색이 있을 수 있다고 했다. 나만 몰랐을 뿐 살구는 지극히 정상이었다.

둘은 코딱지 색마저 달랐다. 순구는 허피스에 걸렸을 때 노란 눈곱과 코딱지가 꼈는데, 살구는 매일 까만 코딱지들이 핑크색 코를 다 덮을 정도로 심하게 꼈다. 처음엔 어디 아픈가 싶었다.

'살구는 젤리부터 눈곱, 코딱지까지 왜 다 시커멓지? 보호소에 있다 와서 그런가?'

고양이 상태가 조금만 이상하면 떠오르는 온갖 걱정이 다시 시작됐다. 눈곱과 코딱지는 화장실 모래먼지 때문이란 걸 알고 모래를 바꿨는데도 엄청난 코딱지 양은 변함없었다. 지금은 그 상황에도 익숙해져서, 아침마다 살구의 눈곱과 코딱지를 뗄 때 검은색 덩어리가 쏙 빠져나오는 쾌감을 즐기는 경지가 됐지만.

고양이는 생김새와 털 색, 눈동자 색 정도만 다른 줄 알았는데, 사람처럼 모든 구석이 다 다른 생명체였다. 합사를 통해 경험했듯 성격 또한 다 달랐다. 고양이마다 목소리가 다르다는 것에도 좀 충격을 받았다. 전혀 그럴 것 같지 않게 생겼지만, 순구는 바리톤 같은 중저음 목소리를 낸다. 하지만 살구는 테너처럼 하이 톤 목소리였다. 순구 외에는 다른 고양이 목소리에 귀 기울여본 적 없어서, 살구의 가늘고 높은 울음소리가 왠지 아픈 것처럼 들렸다.

살구를 둘째로 들이고서야 그동안 많은 걸 모르고 살았구나 깨달았다. 아니, 어쩌면 관심이 없었던 건지도 모른다. 살구를 만나지 않았더라면, 모든 고양이가 순구처럼 청소기도 무서워하지 않고, 아무거나 잘 먹으며, 낯선 사람도 가리지 않는 동물이라고 착각하며 살았을 것이다. 순구와 살구를 함께 키우며 새삼 생명의 다양성을 배워 간다.

위장까지 닮아가는 가족

동물이 털을 손질하고 몸을 단장하는 행위를 그루밍(grooming)이라고 한다. '그루밍'은 마부(groom)가 말을 빗긴다는 데서 유래된 단어다. 요즘 자신을 꾸미는 남자들을 지칭할 때 쓰이는 '그루밍족'이라는 신조어도 여기서 파생된 말이다.

순구와 살구는 간식 한 조각이라도 먹고 나면 앞발을 그루밍하고, 화장실에 다녀오면 바로 항문과 주변을 핥아 청결을 유지한다. 특히 살구는 유난히 더 꼼꼼히 그루밍을 잘해서, 함께 산 지 4년이 다 되어가는 동안 목욕은 두 번만 했는데도 냄새도 안 나고 털도 부드럽다.

지금은 살구가 순구보다 그루밍도 잘하고, 목욕도 순구를 세 번 시킬 동안 한 번만 하면 되는 청결한 아이라는 걸 알지만 처음엔 그렇게 생각하지 않았다. 일단 똥 냄새가 어마어마했다. 방에서 똥을 싸도 거실까지 냄새가 풍길 지경이었다.

하지만 순구와 너무나 달랐던 살구의 똥 냄새는 몇 달 뒤 순해졌다. 처음에는 똥 크기나 모양도 순구와 달라서 누가 싼 건지 알 수 있었는데, 시간이 지날수록 비슷해져서 지금은 냄새나 모양만으로는 구별할 수 없다. 같은 걸 먹고, 비슷한 패턴으로 생활하다 보니 장 활동도 비슷해졌나 보다. 이렇게 우리는 위장까지 닮은 가족이 되어간다.

슈퍼맨 살구

고양이들의 귀엽고 엉뚱한 자세들 중에서도 '이건 살구만 하는 게 아닐까' 싶은 특이
한 자세가 하나 있다. 바로 앞발만 앞으로 쭉 뻗고 자는 '슈퍼맨' 자세. 어깨 스트레칭
이 잘 될 것 같으면서도 입이 바닥에 닿아 왠지 모르게 불편해 보이는 저 자세로 자고
나면, 종종 살구가 흘린 침 자국도 볼 수 있다.

이빨 관리는 중요해

고양이처럼 제 몸을 스스로 관리하는 열혈 그루밍족도 인간의 도움이 필요한 부분이 있다. 바로 이빨 관리다. 고양이가 목욕만큼 싫어하는 게 양치질인데, 양치질을 시키는 집사 역시 큰 스트레스를 받는다.

처음 순구를 데려왔을 때 4~5개월 즈음부터 칫솔을 입에 갖다 대면서 천천히 양치에 적응시켜야 한다는 설명을 들었다. 하지만 순구는 처음 양치를 시도한 날 스트레스로 설사를 했다. 스트레스가 크면 억지로 시키는 게 위험할 것 같다는 의사 선생님 말씀에 미루고, 살구가 와서 예민해진 바람에 미루다 결국 한 살이 다 되어서야 양치를 시작했다. 뒤늦게 시작한 탓도 있지만 어찌나 싫어하는지, 품에 안고 입만 벌리려 해도 발버둥을 치며 드러눕고 소리 지른다. 지금도 주 1~2회 정도만 겨우 양치를 시킨다. 그때마다 뿜어대는 털로 내 옷은 털투성이가 되고, 마음 상한 순구는 하악질을 하며 멀리 달아났다. 살구는 처음 양치질을 시킬 땐 얌전했지만, 시간이 흐를수록 반항이 심해져서 요즘은 종종 발톱을 세운다. 물론 그럼에도 불구하고 순구보다 수월하긴 하다.

살구는 거의 모든 면에서 순구보다 건강했지만 이빨만큼은 예외였다. 살구를 처음 데려올 당시 아픈 순구 때문에 '염려 대마왕'이 되어 있던 상황이라, 별것 아닌 일로도 병원을 찾는 일이 잦았다. 하지만 남다른 살구의 잇몸 색 덕분에 충치를 일찍 발견할 수 있었다. 그저 누리끼리한 순구 어금니와 확연하게 다른, 비전문가인 내가 봐도 뭔가 불길한 기운이 도는 갈색 물질이 이빨을 뒤덮고 있었다.

의사 선생님은 살구가 선천적으로 이빨이 안 좋다고 했다. 당시 생후 11개월에 불과했던 살구는 그 나이 또래의 이빨 상태가 아니라, 두세 살짜리 성묘가 겪는 증상을 이미 보이고 있었다. 그래서 스케일링 전부터 많은 검사가 필요했다. 검사해보니 이미 잇몸 속에서 이빨이 녹고 있었다. 이 정도면 언젠가 모두 발치해야 한다고 했다. 엑스레이 상에도 잇몸 속에 박힌 치아와 잇몸 사이에 뭔가 좋지 않은 느낌의 까만 줄이 보였다. 마취시키는 게 너무 무서웠지만 스케일링이 당장 급했다. 결국 살구는 우리 집에 온 지 4개월 만에 스케일링을 받고 심하게 녹은 치아를 몇 개 뽑았다. 퇴원하면서 낯선 병원 냄새를 잔뜩 묻혀온 바람에, 가뜩이나 서먹했던 순구와의 사이도 더 멀어졌다.

50만 원이라는 예상치 못한 진료비에 많은 생각이 들었다. 이빨 상태를 일찍 파악해서 다행이고, 치료가 가능한 것에 감사하면서도 고양이 한 마리를 더 들이는 일엔 생각보다 큰 지출과 책임이 따라온다는 걸 새삼 느꼈다. 사료나 모래 비용이 추가로 나가는 것과는 차원이 달랐다. 한 생명을 책임지는 데는 단지 마음을 다하는 것만으로는 부족하고, 경제력도 뒷받침되어야 하는 건 알았지만 둘째를 입양하며 실제로 겪어보니 타격이 컸다.

인연의 시작과 끝은 고양이

원래 테솔 과정을 시작한 건 결혼해서 아이를 낳고도 할 수 있는 일이었기 때문이다. 물론 영어 수업을 전문적으로 하고 싶다는 이유도 있었다. 적으나마 결혼 자금으로 갖고 있던 돈의 일부를 테솔 과정에 투자한 것도 그래서였다. 하지만 결혼이 취소되면서 굳이 한국에서 살아야 할 이유도 미련도 없어졌다.

그래서 충동적으로 한 달간의 캐나다 티칭 인턴십에 지원했다. 현지에서 일자리를 구할 수 있다면 이민도 고려해보기로 했다. 당장 순살이와 한 달간 떨어져 지내야 한다는 게 마음에 걸렸지만, 이 과정이 끝나고 더 나은 환경에서 함께할 수 있다면 도전해볼 만하다고 생각했다. 비용은 남은 결혼 자금을 탈탈 털어 해결했다.

마음에 걸리는 건 건강 문제였다. 인턴십 인터뷰를 볼 때 이미 몸이 안 좋긴 했다. 보통 한두 달 아팠다가도 나아졌기 때문에 캐나다에 갈 때쯤엔 좋아질 거라 생각했다. 하지만 불편한 관계인 아빠와 한 집에 같이 살면서 스트레스를 받아서 그런지 나을 기미가 안 보였다.

주변 사람들은 비행기를 탈 몸 상태가 아니라며 말렸다. 오직 의사 선생님만 "스트레스 때문에 그렇다"며, 캐나다에 가면 스트레스의 원인인 가족과 떨어져 지낼 테니 오히려 나아질 수도 있다고 했다.

한데 선생님 말처럼 정말 캐나다에 도착하니 다음날부터 쌩쌩

해졌다. 밥도 잘 먹었고, 추운 날씨에도 처음 이틀간은 13킬로미터나 걸어 다녔다. 희망이 보였다. 여기서는 다 잊고 잘 살 수 있을 것 같았다. 컬리지에서 수업 준비를 하면서 일자리를 알아봤고, 오후엔 초등학교 보조 교사로도 일했다. 그렇게 2주가 지나고 떨리는 마음으로 첫 수업을 했다. 마침 그날은 내 생일이었다. 수업 반응도 좋았다. 뭐든 혼자서 다 할 수 있을 것 같았다.

하지만 다음날 나는 일어나지 못했다. 이 정도 스트레스도 감당 못하고 다시 아프다니 절망스러웠다. 이어지는 모든 수업과 워크숍도 다시는 참여하지 못했다. 다 그만두고 싶었고, 사는 게 너무 지겹게 느껴졌다. 인생의 전환점이 될 마지막 기회라 생각하고 찾아온 캐나다에서까지 누워만 있는 삶을 더는 반복하고 싶지 않았다. 고통스러운 만성질환을 앓는 사람들이 왜 자살로 생을 마감하는지 알 것 같았다. 내 인생도 이렇게 끝나는구나 생각하니 억울하거나 화가 나지도 않았다. 무기력감만 마음을 무겁게 누를 뿐이었다.

섬유근통증후군은 호르몬 이상으로 통각이 과민해지는 병이다. 쉽게 피로를 느끼고 잠이 많아진다. 잠잘 때 나오는 호르몬도 건강 회복에 중요하지만, 캐나다에선 너무 아파 잠도 제대로 이루지 못했다. 아프니까 못 자고, 잠을 못 자니 다시 아파지는 악순환이 이어졌다.

잠 못 드는 긴 밤, 나를 위로해 준건 홈스테이 가정에서 키우는 삼색냥 테스와 치즈냥 레오였다. 뚱뚱하고 느릿느릿한 테스는 밤이면 살며시 방에 들어와 나를 살펴주었고, 레오는 내가 거실 소파에 눕기만 하면 몸 위로 올라와 체온을 나눠주었다.

아파서 며칠간 밖에 못 나가는 날이면 거실 소파에 누워 종일 티비를 봤다. 그러면 테스와 레오가 몸 위에 올라오거나 골골송을 불러주곤 했는데, 그 몸짓이 힘내라는 말보다 더 큰 위로가 되었다.

우연이지만 집주인 부부의 시어머니도 나와 같은 병을 30년째 앓고 있었다. 나는 고작 몇 년 아픈 것만으로도 죽고 싶은 마음이었는데, 그렇게 오랫동안 같은 병과 싸워온 분의 경험담과 조언을 듣고 있으니 기분이 묘하면서도 든든했다. 50%의 확률로 유전되는 질환이어서 집주인 남편도 가끔 피곤하면 나와 비슷한 증상을 느낀다고 했다.

"해야 할 일을 못 한다고 해서 너무 부담 갖지 마, 그건 네 탓이 아니야."

나를 다독여주던 그의 말에 그만 감정이 복받쳐 눈물이 났다. 캐나다까지 와서 계획했던 일들을 하지 못하고 남에게 피해만 주는 것 같아 죄책감을 느꼈는데, 그가 건넨 말이 얼마나 따뜻하게 느껴졌는지 모른다.

결혼 자금도 다 써버렸고, 취업도 이민도 물 건너갔다. 몸은 언제 다시 아플지 모른다. 이런 현실에도 불구하고 캐나다에 온 게 헛된 일은 아니라고 느꼈다. 겨우 한 달이었지만, 내 인생에 큰 변화를 가져다준 시간이었으니까. 홈스테이 주인 부부, 고양이 테스와 레오에게서 받은 힘은 내가 여기까지 오기에 충분한 가치가 있었다. 사실 여러 홈스테이 중 이곳을 선택한 건, 한국에 두고 온 순살이의 빈자리를 채워줄 '고양이가 있는 집'이 최우선순위였기 때문이다. 지구 반대편에 살며 서로 존재도 몰랐던 우리 인연을 이어준 건 고양이였던 셈이다. 이쯤 되면 내 모든 위로의 시작과 끝은 고양이 아니겠는가.

제주 요양 생활의 시작

캐나다에서 몸이 아플 때 《버킷리스트》라는 영화를 봤다. 죽기 전에 하고 싶은 일을 해 보고, 가고 싶었던 곳에 다니며 소원을 이루는 할아버지들이 나오는 영화였다. 내게 죽기 전 한 달이라는 시간이 주어진다면 뭘 하고 싶을지 생각해봤다. 꿈에 그리던 아이슬란드에 간다거나, 스카이다이빙을 해본다거나, 미슐랭 가이드에 등재된 레스토랑에 간다거나 하는 일엔 미련이 없었다. 다만 지금까지 살면서 가장 행복했던 시간-순구랑 남자친구 섭이랑 함께 밥해먹고 지내던 그때를 다시 경험하고 싶었다.

캐나다 연수가 끝나면 시애틀을 여행할 예정이었지만, 건강도 좋지 않고 순살이가 너무 보고 싶어서 취소하고 귀국했다. 파혼으로 섭이와 헤어지고, 살구를 혼자 입양하고, 다시 아파져서 일을 그만두고, 테솔 공부 후 캐나다에 오기까지 모든 일이 6개월 사이에 일어났다. 다른 생각을 할 수 없을 만큼 몸이 아프고 절망적이어서, 죽음이 정말 가까이 있다고 느껴졌다. 그래서 딱 1년만 누구의 방해도 받지 않고 혼자 쉬어보기로 했다. 결정하고 나서 섭이에게 바로 연락했다. 비록 가족 반대로 파혼했지만 섭이는 처음부터 가장 가까이에서 내 아픔을 지켜본 친구였고, 언제나 마음의 의지처였기 때문이다. 그는 얘기를 듣더니 한 달이라도 곁에 있어주겠다고 했다.

당시 엄마도 많이 아팠기 때문에, 다 그만두고 쉬고 싶다는 마음을 이해해 주셨다. 최대한 멀리, 나를 아는 사람이 아무도 없는 곳으로 가고 싶어서 제주도의 집을 알아봤다. 내가 가진 예산 안에서 고양이를 키울 수 있는 집은 딱 한 곳뿐이었다. 선택의 여지없이 바로 계약했고 2주 후에 떠나기로 했다. 섭이도 허리디스크를 이유로 회사에 두 달간 병가를 내면서까지 동행해 주었다.

모든 것을 버리고 여자 혼자 제주로 떠난다는 말에 누군가는 대단한 용기라 했다. 하지만 그건 살기 위한 마지막 발버둥이었다. 이렇게 해도 낫지 않는다면 미련 없이 삶을 포기하자는 심정이었다. 차에는 당장 필요한 짐만 싣고, 뒷좌석엔 순살이들의 집과 화장실 등 고양이 용품으로 가득 채웠다.

제주로 갈 때는 비행기 대신 순살이와 함께 이동할 수 있는 배를 탔다. 순구는 캠핑에 따라다닌 경험도 있고 차도 잘 타서 걱정이 없었지만, 병원 갈 때 외에는 장시간 차를 탄 적 없는 살구가 걱정이었다. 현관문을 나서는 순간부터 움츠리고 꽁꽁 얼어붙는 성격이라, 긴 여행을 견딜 수 있을지 걱정스러웠다.

다행히 고양이와 함께 입도하는 건 어렵지 않았다. 반려동물이 케이지 안에만 있으면 배 안 어디에 두어도 상관없었기에 가장 사람이 없을 것 같은 평일 구석자리로 예약했다. 2월이라 바람과 파도가 거칠었던 탓에, 열 시간 정도 걸릴 거라 예상했던 여정은 2박 3일이나 걸렸다. 하지만 섭이의 도움으로 크게 아픈 곳 없이 제주도에 도착했다. 밤에는 가로등 불빛 하나 없는 시골에서의 요양 생활이 드디어 시작됐다. 정년퇴직 후에나 가능할 것 같던 제주 살이가 조금 빨리 실현된 셈이었다.

제대로 쉬는 법을 가르쳐 줘

쉬면 모든 게 달라질 줄 알았다. 하지만 시간이 갈수록 '쉼'의 개념이 모호해졌다. 나는 어떻게 쉬어야 하는지 모르는 사람이었다. 수능 시험이 끝나자마자 토플을 공부했고, 대학교에 들어가서도 4년 내내 방학 기간에 인턴십을 했다. 살면서 이렇게 아무것도 안 하고 쉬어 본 적이 없어서, 몸은 쉬어도 마음은 불편했다. 뭔가 해야 할 것 같은 불안감, 남들 다 일할 때 혼자 쉰다는 죄책감이 마음을 옥죄었다.

통증에는 약도 소용없었고 의사들은 스트레스 때문이란 말만 해서 심리치료를 시작했다. 내 행동과 생각 아래 깔린 무의식을 들여다보는 연습은 나를 이해하는 데 조금 도움이 되었다. 하지만 쉬면서도 마음이 편치 않으니 몸이 나을 리 없었다.

우울증 대신 찾아온 불안장애는 나날이 심해져서 한동안 집 밖에도 못 나갈 지경이 되었다. 제주에 온 지 두 달이 지나자, 나를 돌봐주러 제주에 잠시 머물던 섭이도 육지로 돌아가고 혼자 남았다. 누군가 날 해칠 것 같은 불안감이 집 안팎에서 계속됐다. 순간순간 순살이가 주는 위로는 있지만, 불안의 본질까지 치료해 주진 못했다. 혼자 장을 보다가 패닉이 와서 응급실에 실려 갈 뻔했고, 지속적으로 찾아오던 이명과 어지럼증이 위험할 정도로 심해졌다.

급기야 입원해서 뇌 검사를 받았다. 괜히 혼자 제주도까지 와서 이러고 있나 싶어 화가 났다. 모든 게 엉망진창이었다.

다행인 건 그 와중에 조금씩 혼자 서는 법을 익히기 시작했다는 점이었다. 물론 도움을 청할 사람이 없어서이기도 했다. 운전도 다시 시작했고, 섭이와의 관계도 이어졌다. 그는 친구를 넘어 간병인처럼 매달 한 번씩 3년간이나 제주도로 와 주었다.

제주에서 지내면서 그전까지 늘 생각만 하고 행동으로 옮기지 못했던 길고양이 밥 주기를 시작했다. 나 자신이 너무 쓸모없게 느껴져서 그 마음을 조금이나마 덜어내기 위해 시작했지만, 시작이 반이었는지 3년이 넘는 지금까지 밥 주기는 이어졌고 이젠 건너뛸 수 없는 일상이 되었다.

일주일 넘게 집에만 있다가 용기 내어 밖으로 나온 날, 봄 햇살은 따스하고 관광객들은 한껏 떠들며 행복해 보이는데 나는 이 좋은 제주도에서 왜 우울하게 지내나 싶었다. 그래서 고양이처럼 살아봐야겠다고 다짐했다. 이미 잠은 고양이만큼 많이 자고 있으니, 기왕에 먹고 자기만 할 거면 순살이처럼 시크하고 당당하게 놀아보자고.

어떻게 쉬어야 할지 모르는 내게 순살이는 좋은 본보기였다. 순구가 바라보는 창밖을 같이 바라보고, 그러다 길고양이 사료를 훔쳐 먹는 새와 노루도 발견하고, 살구와 함께 새도 쫓아보고, 말없이 서로에게 기대 멍 때리기도 했다. 그러다보면 아주 가끔은, 아파서 억울했던 마음이 이런 시간을 가질 수 있음에 감사하는 마음으로 바뀌었다.

싸움 못 하는 애들의 싸움

제주 집에서 순구와 살구를 바라보며 소일하는 일상이 시작됐다. 3개월 정도 집 안에서만 지내면서 주의 깊게 관찰해 보니 둘이 왜 싸우는지 알 것 같았다. 일단 성격이 많이 달랐다. 순구는 우다다도 잘 안 하고 늘 조용히 앉아 있거나 누워서 구경만 하는 할아버지 같은 성격인데, 살구는 고양이치곤 잠도 별로 없고 늘 뛰어다니거나 놀고 싶은 호기심 많은 아이 같았다.

심심해서 놀고 싶은 살구가 다가가면, 그게 귀찮은 순구는 하악질을 하고 질색하며 살구를 때리고 도망갔다. 살구는 형에게 맞으면서도 함께 놀고 싶은지 하루에도 몇 번씩 순구에게 달려들었다. 둘은 그렇게 투닥거리며 2년을 지냈다.

그런 모습에 안타깝다가도, 서열 정리에 집사가 끼어들면 역효과가 난다기에 그냥 지켜볼 수밖에 없었다. 처음엔 어디 물리거나 할퀴어 상처가 나지 않을까 노심초사했지만, 시간이 지나 익숙해지니 '진짜 싫으면 저렇게 서로 침 묻혀가며 싸우지도 않겠지' 싶었다. 나중에는 '고양이 UFC'라 생각하고 웃으며 구경하는 경지에 이르렀다.

서로 상처내지 않을 정도로만 무는 건 장난치는 거라는 조언을 듣고, 저것도 사내들의 투닥거림이라 생각하니 조금은 마음이 편해졌다. 하지만 애초에 합사만 제대로 했어도 순구가 살구를 이만큼 싫어하게 되진 않았을 거라 생각하니 여전히 죄책감이 들었다.

그나마 다행인 건, 제주로 이사하면서 둘이 함께 지내는 공간이 훨씬 더 넓어졌다는 점이었다. 부모님 집에 얹혀살면서 합사를 시도했을 때는 내 방 안에서만 순구와 살구를 키워야 하는 상황이었다. 가뜩이나 좁은 방에서 데면데면한 두 녀석이 같이 있었으니 스트레스도 컸을 것이다. 하지만 활동 공간이 넓어지니 둘 사이에도 변화가 생겼다. 이제는 서로 부딪힐 일이 거의 없어 보였다. 싸우는 날보다 하루에 한 번도 싸우지 않는 날이 더 많아졌다.

무엇보다 도시에서 시골로 이사 온 후 내가 건강을 회복한 것처럼, 순구에게도 긍정적인 변화가 찾아왔다. 합사 스트레스로 갑자기 나를 공격하거나 멀리 떨어져 자곤 했는데, 제주에서는 성격도 눈에 띄게 온순해지고 다시 다정해졌다. 이제 아침마다 순살이가 함께 침대로 올라와 부리는 애교로 눈을 뜨며 하루를 시작하는 게 일상이 되었다.

뜻밖의 전세 역전

살구가 집에 온 뒤 생긴 변화 중 특기할 만한 것은 순구의 덩치다. 살구는 순구보다 뼈 자체가 굵어서 처음부터 몸무게도 1kg 정도 더 나갔고, 물론 추정 나이일 뿐이지만 동갑인데도 몸집이 컸다. 순구는 원래 입이 짧았지만, 살구가 온 뒤로 사료를 더 자주 먹기 시작했다. 역전을 위해 몸을 키우는 게 아닌가 싶을 만큼 열심히 먹어댔다. 싸울 때마다 살구에게 기술력과 힘에서 밀렸지만, 겨울이 되자 털까지 찌기 시작하면서 급기야 살구의 덩치를 앞지르게 됐다.

싸우면 대부분 순구가 맞고 물렸지만, 1년 넘게 싸우며 기술을 연마했는지 요즘은 순구의 주먹도 빠르고 강해졌다. 이제 덩치에서나 싸움 기술면에서나 절대 지지 않는다. 오히려 살구가 신음소리를 내며 2층으로 도망가면, 예전엔 싸움을 피하기 바빴던 순구가 전속력으로 살구를 따라잡아 끝까지 승부를 본다.

아직도 둘이 서열 싸움을 하는지 그냥 노는 건지, 싫어서 물고 뜯는지 알 수 없다. 하지만 순구가 살구와의 동거에 적응하면서 진화한 것은 분명하다. 아프고 몸집도 작은 순구가 형의 서열을 포기하고 2인자로 살거나 엄마에게 기대도 괜찮았을 텐데, 한때 수컷이자 이집 첫째로서의 자리를 포기하지 않은 게 고맙고 대견할 따름이다.

턱받침 순구

순살탱 삼 형제 중에 독보적으로 머리가 크고 무거운 순구는 어디든 누우면 일단 머리를 기댄다. 그중에서도 턱을 어딘가 살포시 올려놓은 모습은 고양이 쿠션처럼 얼굴만 둥둥 떠 있는 것 같아 귀엽다. 자고 있는 순구에게 다가가 손을 내밀면 순구는 기다렸다는 듯 손에 턱을 올리고 몸에 힘을 쭉 뺀다.

'핵이빨' 순구

'핵주먹'으로 불리는 권투선수 타이슨이 상대방의 귀를 물어뜯는 바람에 '핵이빨'이란 새 별명을 얻었다는 뉴스를 본 적이 있다. 사실 물어뜯기로는 순구도 타이슨 못지않다. 순구는 처음 데려온 날부터 나를 심하게 물었고, 온갖 살림을 거덜 내며 유난스럽게 이갈이를 했다. 제 몸보다도 훨씬 큰 가구를 물어뜯거나, 내 발을 무는 건 새로울 것도 없는 일상이었다. 아침이면 자명종처럼 내 손과 팔, 발을 물어대는 순구와 장난치거나 싸우면서 잠을 깨는 일이 다반사였다.

처음에는 귀엽다며 넘겼지만 무는 습관은 날로 심각해졌다. 장난감과 밥그릇을 깨무는 건 물론이고, 나무젓가락을 주면 성한 곳 하나 없이 송곳니 자국을 만들어버렸다. 어릴 때 고치지 않으면 물어뜯는 게 습관이 된다는 말에, 손으로 놀아주는 걸 멈추고 혼내기 시작했다. 그럴 때면 순구는 내 목소리가 안 들린다는 듯 자는 척했다. 손으로 놀아주는 걸 멈춘 뒤에는 먼저 다가와서 물진 않았지만, 내가 조금이라도 맘에 안 들면 무작정 깨물었다. 그것도 매우 아프게.

이 습관이 고쳐지긴 할지, 도대체 어떻게 해야 좋을지 몰라 막막하던 무렵, 뜻밖의 해결책이 등장했다. 그건 동생 살구의 등장이었다. 한 번도 다른 고양이에게 물려본 적 없는 순구는 지금까지 자기가 무는 힘의 강도를 몰라서 힘껏 깨물었던 모양이다. 하지만 살구가 오고 매일 싸우면서 자기도 물려보니 '세게 물면 아프겠구나' 하고 깨달은 것 같았다. 그게 아니면, 살구가 싫긴 해도 동생이니까 세게 물면 아플까 봐 힘을 조절하기 시작한 걸까. 어찌 됐건 살구가 들어오고 '형제의 난'이 시작된 후, 순구는 점점 덜 아프게 물기 시작했다. 이제는 세게 깨무는 일이 거의 없다.

누군가는 "그냥 나이가 들어서 무는 습관도 사라진 거야"라고 했지만, 내가 장난을 걸 때마다 무는 척하는 순구가 힘을 살짝 빼 주는 것만으로도, 가족 구성원으로 인정해줘서 그런 것 같아 뿌듯하다. 말이 통하지 않는데도 동물과 인간이 소통하며 서로 좋아하는 것과 싫어하는 것을 구별하고 조심스러워질 수 있다는 게 아직도 가끔 놀랍다.

순구와 살구를 합사하던 시절, 매일 교과서처럼 찾아보던 원서들은 살구가 보란 듯이 물어뜯기에 합세하면서 모서리가 너덜너덜해졌지만, 가끔 꺼내보는 책 모서리에 남은 이빨 자국들은 집 밖에서도 나를 피식 웃게 만든다. 멀리 있을 때도 그 자국 하나로 우리가 함께인 것 같아서.

깨물기 대왕 순구

어릴 때 손으로 놀아주는 버릇을 들이면, 성묘가 되어서도 손을 놀잇감으로 인식해 깨물게 된다. 어릴 때는 깨무는 모습이 귀여워서 자발적으로 물려주곤 했는데, 장난감으로 놀아주는 게 좋다고 한다. 다행히 살구를 입양하고 나서 무는 행동은 자연스럽게 줄어들었다.

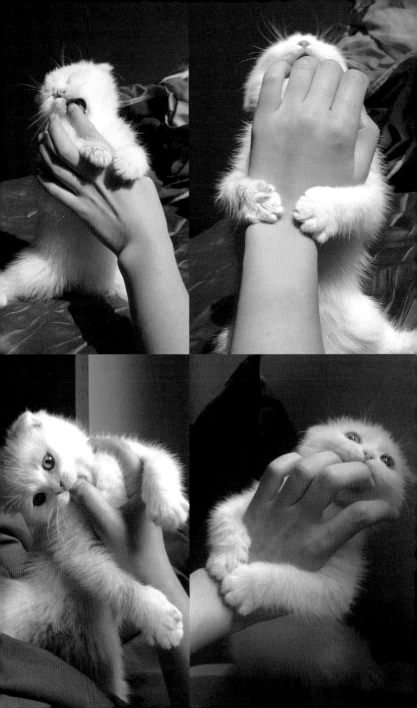

그것들도 먹고 살아야지

순구를 입양하기 전에는 길고양이를 만난 기억이 별로 없다. 물론 어디에든 길고양이는 있었겠지만, 당시엔 동물에 관심이 없기도 했고 신도시에서 주로 살았기에 고양이가 많지 않나 보다 생각했다. 할머니가 집에 오시기 전까지는 그랬다.

하루는 신정을 맞아 친가 친척들이 모두 본가에 모였다. 고등학교 졸업 이후 우리 집에서 친척들 얼굴을 보기는 처음이었다. 순구와 살구를 본 친척들의 각양각색 반응이 이어졌다. "징그럽고 무섭다"며 내 방 근처도 못 오는 어른1, "뭐 저런 걸 멕이냐(키우냐)"는 어른2, "고양이는 요물이니까 내쳐야 한다"는 어른3, "병 걸리니까 가까이 가지 말라"는 어른4, 그리고 고양이는 처음 만져본다며 신이 난 친척 동생들.

대부분 예상했던 반응이라 개의치 않았지만, 그중에서도 할머니의 반응은 의외였다. 순구와 살구를 보시더니 "이 불쌍한 것들을 어디서 거둬들였냐"며 물으시고는 "고놈 참 예쁘게 생겼다, 아이고 털이 부드러우니 참 고급지다" 하시며 한참 바라보셨다. 엄마가 처음 순구를 데려왔을 때와 비슷한 반응이었다.

할머니를 만나고서야 어렴풋이 초등학교 방학 기간에 만난 길고양이들이 떠올랐다. 기억 속의 나는 방학이면 할머니 댁에 내려가 시장통에서 놀았다. 할머니는 30년 넘게 강원도 어느 시장에서 생선 가게를 하셨다. 그런 할머니께 가게 주변 길고양이는 천적 같은 존재였다. 배를 갈라 손질해 둔 고등어를 한 마리씩 물고 가는 녀석들은 말 그대로 '도둑'이었기 때문이다. 한데 할머니는 쫓아가지 않고 소리 지르며 내쫓기만 하셨다.

그 시절 생선을 도둑질해 갔던 고양이가 분명 미웠을 텐데, 친척 중에 순살이를 인정해 주는 유일한 사람이 할머니라는 게 의외였다. 그때 시장 길고양이들이 얄밉지 않았느냐고 여쭤봤더니 할머니는 "그것들도 먹고 살아야지"라는 명언을 남기셨다.

흔히 나이 많은 어르신들일수록 고양이에 대한 편견이 많을 거라 여기기 쉽다. 하지만 그런 생각도 젊은 세대의 편견인지 모른다. 나이는 젊어도 길고양이를 학대하거나 멸시하는 사람은 또 얼마나 많은가. 그것들도 먹고 살아야 되지 않겠느냐는 할머니 말씀은 나를 흐뭇하게 했다.

사람 아이는 자신 없지만

순구와 살구가 침대에 올라와 눈앞에서 쳐다보면, 그 순간만큼은 세상 모든 것을 가진 듯 행복해진다. 순살이를 키우며 자존감도 커지고 기본적인 행복지수도 높아졌다. 무엇보다 마음이 많이 부드러워지고 차분해졌다.

특히 아이를 볼 때의 마음이 달라졌다. 어린아이들이 고양이와 친구처럼 스스럼없이 장난도 치고 보살펴주는 모습을 보면 경이로웠다. 그래서 한때 육아육묘(育兒育猫)를 꿈꾸기도 했다. 순살이를 만나기 전에 무지했던 나와 달리, 미래의 내 아이는 생명을 존중하는 사람으로 자라길 바라면서.

고양이를 키우며 예전에는 전혀 공감할 수 없었던 세상 엄마들을 이해하게 되었다. 아이에게 좋은 것을 먹이고 싶고, 더 많은 시간을 함께 보내고 싶은 마음. 엄마라면 당연히 갖는 그 생각을 고양이를 보며 하는 내가 놀라웠다. 내게도 모성애가 있었구나. 순살이가 조금만 아파도 미안해서 대신 아프고 싶고, 내가 더 힘들어 하면서 아픈 아이를 키우는 엄마 마음을 조금은 알 것 같았다.

스스로 먹고 싸고 자는 고양이만 키워도 체력적으로나 정신적으로 힘든데 사람 아이는 어떻게 키울까 싶다가도, 고양이도 내 자식이라고 쳐다만 봐도 이렇게 행복한데, 내가 낳아서 날 닮은 아이는 얼마나 예쁘고 신기할까 하는 생각도 들었다. 한편으론 고양이를 키우고 나서야 알게 된 생명에 대한 큰 책임감 때문에, 그리고 생각보다 큰 정신과 체력 소모를 겪으며 아이를 키우는 일에 대해 오히려 더 신중해졌다.

아이를 낳는다면, 어린 시절 엄격한 훈육을 했던 부모님과 달리 방임형 부모가 되고 싶었다. 아이가 나가 놀고 싶어 하면 언제든 놀게 하고, 밥 먹기 싫어하면 억지로 먹이지 않을 거라 다짐했다. 하지만 순살이를 키워 보니 난 아이를 낳으면 화장실까지 따라가 한 입만 더 먹어달라고 사정하는 엄마가 될 것이 뻔했다. 고양이를 왜 신생아처럼 키우느냐는 말을 들을 정도로 스트레스 받으며 과잉보호하는 성격이기 때문이다.

이런 성향이 내게도 아이에게도 좋지 않을 것이란 걸 알기에 아이를 갖는 데 더욱 신중해진다. 내 건강과 형편상 아직은 아이를 갖는 게 부담스럽지만, 가끔 순살이가 '육아묘'가 되어 어린 내 아이와 놀아주는 상상을 해 본다.

박치기 왕, 순구

동성 친구와도 팔짱 끼는 일이 어색하고, 엄마와 손닿는 것도 오글거리는 나지만 고양이의 터치에는 스르르 녹는다. 특히 아침에 눈떴을 때 몸 어딘가와 맞닿은 고양이의 존재를 느끼면, 지금도 설레는 마음에 잠이 확 깬다. 어릴 때부터 늘 내 다리나 발에 머리를 기대고 자던 순구는, 내 팔 안쪽으로 파고들어와 팔베개를 하고 자곤 했다. 살구가 온 뒤 침대를 뺏기면서 꽤 오랫동안 근처에도 오지 못했는데, 제주도로 이사 온 후로는 다시 새벽마다 곁에서 같이 자기 시작했다.

순구의 주특기 애교는 박치기다. 반가움과 기쁨을 표현할 때 머리 앞부분을 사람에게 비빈다. 퇴근하고 들어올 때나 샤워하고 나왔을 때 주로 박치기로 반겨주는데, 요즘은 자고 있으면 내 다리나 손, 턱, 가슴에도 머리를 부빈다. 고양이의 호르몬 냄새가 많은 곳이 머리와 항문 쪽인데, 그 부분을 사람에게 부비면서 자기 냄새를 묻혀 친근감을 표시하는 거라고 한다.

그 다음으로 많이 부리는 애교는 배 드러내고 눕기다. 강아지도 그렇지만 고양이에게 배는 공격에 취약한 부위여서 쉽게 내보이지 않고, 만지는 것도 싫어한다고 한다. 그래서 살구도 가끔 발라당 배를 드러내지만, 정작 만져주면 할퀴거나 깨물려고 한다.

반면 순구는 또 순둥이답게 배 만져주는 걸 매우 좋아한다. 아침마다 다가와 박치기하는 것도 "어서 일어나 배를 좀 만져 보거라" 하는 신호다. 박치기만 받고 가만히 있으면 만져줄 때까지 박치기를 하며 몸에 털을 묻힌다. 그러니 알아서 답례로 배를 쓰다듬어 줘야만 한다.

순구는 발라당 누워 신나게 골골거리다가 기분이 너무 좋아지면 "끼약, 끼약" 소리를 낸다. 골골송을 부르다 절정에 달했을 때 내는 소리인데, 가끔 귀를 마사지해 주거나 배를 만져줄 때 흘러나온다. 누가 별명이 '족구' 아니랄까 봐, 발로 배를 만져주면 더 우렁찬 골골송을 들려준다.

수달 순살

순구는 처음 데려왔을 때부터 여느 고양이처럼 식빵 자세나 암모나이트 자세보다는 배를 내밀고 사람처럼 누워 있을 때가 많았다. 추운 겨울이 와도 배를 내밀고 자서, 감기에 걸릴까 걱정스러웠다. 살구는 처음부터 고양이스러운 모습뿐이라 다행으로 여겼는데, 몇 개월 지나니 언제부터인가 순구처럼 배를 내밀고 자기 시작했다. 역시 나쁜 건(?) 쉽게 배운다.

가족의 의미

순살이가 가장 소중한 가족이 된 지금, 가족의 의미에 대해 가끔 생각해본다. 부모님도 집도 있었지만, 난 늘 혼자인 것처럼 헛헛했다. 상실감의 가장 큰 원인은 아빠였다.

아빠는 어려운 환경에서 자수성가해 제법 큰 규모의 사업체를 운영했다. 부모 도움 없이 혼자 이룬 성공이었기에 자부심이 엄청났다. 내가 당신의 기대치에 못 미칠 때면 "그것밖에 못 하느냐"고 비난했고, 내가 뭔가 시도하면 "그런 걸 네가 할 수 있겠냐"며 폄하했다. 아빠 입장에선 날 자극해서 강하게 키우려 한 것인지 몰라도, 그런 집안 분위기에서 애틋한 가족애 같은 건 느낄 수 없었다. 행복이 뭔지도 몰랐고, 하루하루 사는 게 버겁고 지겹기만 했다.

고등학교 졸업 후에는 울면서 유학을 떠나야 했다. 아빠는 5년 동안 한국에 돌아오지 말라는 말과 함께, 영어 한마디 못 하는 나를 일부러 홍콩 경유 비행기에 태웠다. 아빠가 시키는 대로 해야 하는 내가 싫었고, 영어를 못 하는 것도 싫었다. 유학 시절 인종차별까지 당하면서 괴로움은 커져갔다. 아시아인으로 태어난 것도, 원어민 같지 않은 내 발음도, 목소리, 성격, 생김새까지도 다 싫었다.

그런 나 자신이 부끄러워 사람을 피했다. 대학에 입학해 경영학을 전공했지만, 대인기피증이 심해지면서 1년 내내 수업은 안 가고 기숙사에 숨어 지냈다. 남들은 다 집에 가는 방학 때도 기숙사에 혼자 남았다. 살면서 가장 힘들고 외로웠던 그 시기, 내 곁에 가족이란 존재는 없었다.

졸업 후 건강이 나빠지면서 한국으로 돌아와 6년 만에 아빠와 함께 살게 되었다. 그건 상상 이상으로 괴로웠다. 아빠는 당신의 사업을 물려받기 원했지만, 성인이 되어서까지 아빠가 하라는 대로 따르기는 싫었다. 그러자 아빠는 "넌 내 인생에서 가장 실패한 투자"라며 비난했다. 아빠는 그날부터 모든 경제적 지원을 끊었고, 나는 숨막히는 집에서 도망치듯 예정에도 없던 회사에 들어갔다. 방을 얻어 서울로 떠나면 독립하게 될 줄 알았다.

하지만 충동적으로 들어간 직장에선 채 2년을 못 버텼다. 밤샘 업무와 불규칙적인 생활 패턴 탓에 자주 아팠고, 회사보다 병원에 가는 날이 더 많았다. 퇴사 후에는 제대로 일을 하지 못해 수입이 없으니 결국 본가로 들어와야 했다.

돌아온 그날부터 난 아빠에게 다시 '쓸모없는 인간' 취급을 받았다. 아빠는 여전히 완고했고, 나는 얼마 되지도 않는 퇴직금으로 생활비와 병원비를 충당해야 했다. 스트레스를 못 이긴 몸은 완전히 망가졌다. 가족들과 한 집에 살았지만 유학 시절 지구 반대편에 떨어져 지낼 때보다도 마음이 더 힘들었다. 다른 사람들은 힘들 때일수록 가족이 가장 큰 힘이 된다던데, 나는 가족과 함께 살수록 마음이 무너졌다. 차라리 가족이 멀리 있었다면 그렇게까지 괴롭지 않을 것 같았다.

고마운 사기꾼

처음 들어갔던 회사를 그만두기 몇 달 전, 지금의 남편이 된 남자친구 섭이를 만났다. 단 한 명이라도 "난 너를 믿어. 넌 할 수 있어"라고 말해 주는 사람이 있다면, 그 말을 들은 사람은 자기가 지닌 능력 이상을 발휘할 수 있다고 한다. 내겐 섭이가 그런 존재였다.

나와 정반대 환경에서 자란 섭이는 내가 학원 수업과 과외 공부에 시들어갈 때 시골 논밭을 뛰어다니며 자랐고, 내가 영국에서 우울한 유학 생활을 보낼 무렵 자신이 원하던 체육교육과를 다니며 다양한 운동을 즐기고 있었다. 나와는 너무 다른 그를 보면서 높은 자존감의 근거가 도대체 뭘까 싶었다.

우리의 가장 큰 차이점은 부모님이었다. 부유하진 않았지만 섭이의 부모님은 늘 아들의 선택을 존중하고 지지해 주는 분이었다. 내가 뵌 섭이 부모님의 얼굴엔 늘 아들에게 더 잘해 주지 못한 미안함이 드리워 있었다.

늘 우울함에 시달리던 내가 달라진 것도 그의 응원 덕분이었다. 영어를 가르치게 된 것도, 순구와 살구를 키우게 된 것도, 제주도에 온 것도 모두 그의 지지와 용기 없인 불가능했다. 아플 때 간호해 주고, 힘들 때 달려와 주고, 돈 없어도 굶지 말라며 돈을 보내주는 사람. 자기도 가난하면서 통장 잔액을 천 원 단위까지 탈탈 털어 보내주는 사람, 유일하게 나를 믿고 지지해 주는 사람이자, 인생의 구원자가 그였다.

아빠가 한 말에 상처받아 울면서 힘들어할 때마다 섭이는 "넌 소중한 사람"이라고, 집에서 그런 취급 받으면서 살 이유가 없다고 말해 준 유일한 사람이었다. 가족 때문에 평생 쌓인 열등감과 자괴감이 그 말 한마디로 사라지는 것 같았다. 가난하고, 건강하지도 않고, 스스로 쓸모없다고 여기던 내게 "애써 뭘 하려고 하지 않아도 돼, 넌 존재만으로도 충분히 가치 있는 사람이야"라고 말해 주는 고마운 사기꾼. 거짓말이라고 생각하면서도 그 말을 믿고 싶었다.

그가 내 가족이었으면 좋겠다고 생각해서 먼저 프로포즈했고 결혼을 준비했지만, 서로 다른 가정환경의 장벽은 생각보다 높았다. 한국 사회에서 결혼은 둘만 좋다고 할 수 있는 일이 아니라 집안 대 집안의 일이었다. 우리는 부모님의 반대에 부딪쳐 뜻지 않은 파혼으로 힘든 시간을 보내야 했다.

헤어졌지만 내가 다시 아파지면서 손을 내밀었을 때, 섭이는 회사에 두 달간 병가를 냈다. 내가 제주에서 요양을 시작하면, 이사부터 심리치료까지 무사히 마칠 수 있게 곁에서 도와주기 위해서였다. 돌이켜보면 내가 봐도 이상한 나의 망상과 불안을 섭이는 비정상이라고 말하지 않았다. 누군가 쫓아온다며 섭이를 붙잡고 뛰고, 공격당할 것 같다며 칼을 쥐고 밤을 새는 나를 논리적으로 설득하려 하지 않았다. 대신 호신용 전기 충격기를 사 주었고, 내가 갑자기 패닉에 빠지거나 악몽에서 깰 때면 아무리 늦은 새벽에도 늘 한번에 전화를 받아줬다.

얼마 전 섭이에게 물었다. 결혼할 배우자의 가정환경이 중요하다는데, 이런 아내라도 괜찮겠냐고. 내 불안과 우울이 무섭지 않으냐고. 섭이는 "그럼에도 불구하고"라는 말을 했다. 그럼에도 불구하고 넌 이만큼 살아냈다고, 하고자 하는 걸 다 이뤄냈다고. 오히려 멋있다고 말해 주며 나를 울렸다.

순구와 살구가 주는 위로도 섭이와 다르지 않다. 그래서 순살이가 내겐 사람 가족보다 더 소중한 가족이라고 당당하게 말할 수 있다. 이런 게 가족이라면 평생 함께하고 싶다. 말로 교감할 수 없어도, 조용히 다가와 내 다리를 베고 무심히 내 팔에 올려놓는 앞발이 내게 이렇게 말하는 것 같다.

"네가 아파도 난 너를 좋아해, 네가 돈을 벌지 못 해도 난 네 손길이 좋아, 누워만 있어도 난 너의 체온이면 충분해, 넌 나에게 존재 자체만으로도 특별해."

그랬던 내가 지금은

회사에 다니던 시절, 직장 동료 중에 개를 친딸처럼 애지중지 키우던 사람이 있었다. 같은 팀에서 유일한 여자 동료여서 가깝게 지냈는데, 내 눈에는 크고 무섭게만 보이는 자기 개를 늘 "우리 딸"이라고 부르면서 자랑했다. 바쁜 와중에 산책도 매일 함께 다니며 지극정성으로 돌보았는데, 내 눈에는 오직 개만을 위해 사는 사람처럼 보였다. 이상한 사람이라고까지 생각하지는 않았지만, 나와 다른 생각을 지닌 그녀를 딱히 이해하려 노력하지도 않았다.

어느 날, 그녀가 손목에 개 얼굴을 문신해 왔다. 문신은 정말 놀랄 만큼 컸다. 게다가 점박이 개라서 문신 중 절반이 시커먼 색으로 칠해져 있었다. 순간 '이렇게 큰 문신을 하다니 미친 거 아니야?' 하는 생각과 '평생 지워지지 않는 문신을 새길 만큼 개를 소중하게 생각하다니, 신기하다' 하는 생각이 동시에 들었다. 내겐 그 일이 정말 충격적이어서 한동안 친구들을 만날 때마다 그 얘기를 했던 기억이 난다.

그랬던 내가 요즘은 몸 어디에 순살이 문신을 하면 좋을지 고민 중이다. 그땐 몰랐다. 사랑하는 개의 얼굴을 손목에 영원히 새기고 싶었던 그녀가 어떤 마음이었는지.

고양이 무식자 시절, 페르시안 고양이 두 마리를 키우던 사무실에서 잠시 일했던 적이 있었다. 이전 회사에서 함께 작업했던 감독님과 여러 아티스트들이 쓰는 자유롭고 멋진 공간이었다. 바쁠 때 밤낮도 가리지 않았고 출퇴근 시간도 따로 없이 영상 일을 배웠다. 두어 달 만에 다시 몸이 아파져 그만둬야 했지만, 내 인생에서 가장 빛나고 즐거웠던 회사 생활이었다. 비록 내 고양이는 아니었지만, 사무실에 사는 고양이들을 매일 볼 수 있어서 출근이 더 기다려지기도 했다.

하루는 밤늦게 다음 촬영에 대한 회의를 하고 있는데, 감독님이 전화를 받더니 피디님과 급하게 짐을 챙겨 나갈 준비를 하셨다. 키우는 고양이가 코피가 난다고 집에서 전화가 온 거였다. 두 분이 걱정에 찬 얼굴로 서둘러 나가는 바람에 회의는 갑작스럽게 끝났다.

'고양이 코피가 났는데 왜 집에 가지?'

가족이 갑자기 아프니까 집에 가는 건 당연한 일인데, 그땐 정말 이해하지 못했다. 그랬던 내가 지금은 자다가 살구의 기침 소리만 들려도 뛰쳐나간다. 나에게 잠이란 세상에서 가장 중요하고 소중한 일인데, 고양이는 유일하게 그걸 이기는 존재다.

열 사람보다 나은 고양이 둘

위로의 방법은 사람마다 다양하다. 말없이 안아주기도 하고, 웃겨주며 근심을 잊게 하는 방법도 있다. 순살이도 그때그때 다른 방식으로 나를 위로했다. 섭이와의 결혼이 취소되고, 이별 후 내가 처한 상황을 믿을 수 없어 숨 쉬는 것도 버겁던 시기가 있었다. 딱 그 무렵 살구를 둘째로 입양하면서, 순구와의 합사 문제로 속을 끓인 탓에 다른 문제로 아파할 겨를도 없었다. 당시에는 합사 스트레스로 아프게 된 순구가 걱정스럽고 힘들었지만, 녀석들의 행복을 최우선으로 고민하다 보니 내가 처한 현실에 대한 고민은 잠시 내려놓을 수 있었다. 그러다가도 어느 순간 슬픔이 밀려와 펑펑 눈물을 흘릴 때면, 순살이는 놀란 토끼 눈으로 나를 쳐다보다가 내가 잠들면 살며시 다가와 곁에 있어 줬다. 사람 가족도 모르는 내 아픔을 순살이는 누구보다 먼저 눈치 채고 위로해 주었다.

가장 마음이 힘들던 그 시기에, 순살이의 귀여운 사진을 하루에 수십 장씩 찍어 인스타그램에 폭풍처럼 업로드했다. 속사정을 모르는 사람들은 '고양이를 정말 사랑해서 이러나 보다' 생각했겠지만, 불안장애에 시달리던 내게 그 행동은 거의 강박에 가까웠다. 당시 인스타그램은 현실 도피의 수단이었다. 사랑스럽고 엉뚱한 고양이의 사진들로 가득한 인스타그램 안에서만큼은 그나마 마음이 편안했기 때문이다.

고양이는 가상세계에서도 현실에서도 언제나 나를 위로했다. 제주도에 와서 처음 마주한 칠흑같이 어두운 밤에도 순살이는 힘이 되었다. 밤이면 혼자 있는 집에서 귀신이 나올까 무섭고, 누군가 집 안으로 침입할 것 같아 전기충격기를 붙들고 불안에 떨던 밤에도, 털 날리며 물고 뜯고 싸우는 순살이를 보면 불안이 어느덧 수그러들었다. 정말 온갖 방법으로 나쁜 생각이 끼어들 틈을 주지 않는 고마운 녀석들이었다.

불안장애가 심해 잠들지 못하는 밤이면, 방에 드리운 달빛이 신기해 창가로 다가가는 살구를 어루만지며 함께 보름달을 구경했다. 그 순간만큼은 어두워서 무섭던 시골이, 어둠 덕분에 달빛 그림자를 볼 수 있게 해 주는 고마운 공간이 되었다. 멀리 떨어져 있는 섬이와도 나눌 수 없는 그 순간들을 공유한 내 고양이들. 가족이라는 표현도 부족한 내 분신들이다.

한때 수컷

혼자 살 때 화장실 문을 열어두고 양치하거나 샤워를 할 때면 어김없이 문 앞에 순구와 살구가 자리 잡고 쳐다봤다. "나는 엄연히 암컷이고 너네는 그래도 '한때 수컷'이었던 애들인데 너무 뚫어져라 쳐다보는 거 아니니?"하는 생각에서 나온 '한때 수컷' 해시태그. 사실은 물을 무서워하는 고양이들 입장에서 엄마가 혹시나 잘못될까 걱정하는 마음에 기다리는 거라는데, 어느새 탱구도 합세해서 문 닫고 볼일이라도 볼 참이면 문을 긁으며 소리 지른다. 이제 남편과 같이 살아서 화장실 문 열고 사용할 수 없는데 아이들은 여전히 자다가도 따라 나와 문 앞을 지킨다.

출근 첫날의 묘연

제주도에 온 지 3개월쯤 지난 어느 날, 엄마가 갑작스럽게 암 진단을 받았다. 평생 일만 하다가 이제 막 50대가 된 엄마가 암 말기 진단을 받은 상황에서 내가 요양을 한다는 건 너무 큰 사치처럼 느껴졌다. 아직 내 몸을 간수하기도 버거운 상태였지만 엄마가 수술을 받고 회복하는 기간 동안 곁에 있어드리기로 했다.

하지만 엄마는 아픈 딸이 당신을 간호하는 상황을 더 힘들어했고, 결국 육지로 돌아가는 대신 계속 제주도에 남아 일을 구해보기로 했다. 그렇게 5개월 만에 다시 일을 시작했다. 운 좋게 대학에서 영어 강사 자리를 얻었을 때 목표는 단 하나였다. 더도 말고 덜도 말고, 딱 1학기만 아프지 말고 버텨보자는 거였다.

불편한 여성용 정장을 2년 만에 꺼내 입고 출근한 첫날, 학교 안에 있을 카페를 찾아다니는데 어디선가 고양이 울음소리가 났다. 정말 구슬픈 목소리였다. 고양이는 찢어질 듯한 목소리로 나를 좀 봐달라는 듯 쉬지 않고 울었다. 소리를 따라가 보니 내가 지나가던 건물의 1층 창문가에 앉아 울고 있었다.

여전히 불안정한 몸 상태를 걱정하며 출근한 첫날이었기에, 직장에서 우연히 마주친 고양이가 너무 반가웠다. 굳이 차까지 돌아가서 간식을 꺼내 던져주었지만 고양이는 반응이 없었다. 유리창 너머를 바라보며 하염없이 울기만 했다.

우리 집 고양이 성격만 알았지 길고양이 습성은 몰랐던 나는 '간식을 못 먹어봐서 그런가?' 싶었다. 하지만 뭔가 이상했다.

'유리창 너머 뭐가 있기에 저러지?'

평소 남의 일에 적극적으로 끼어드는 성격은 아니었지만, 그 고양이가 신경 쓰여 어느새 건물 안까지 들어와 있었다. 개강 첫날이라 옆 강의실은 학생들로 북적였다. 고양이가 울던 창문은 카지노학과 학생들이 쓰는 빈 강의실이었다. 다른 강의실과 달리 초록색 카펫이 깔려 있고, 카지노 테이블이 놓여 있고 창문은 가벽으로 모두 막혀 있었다.

여기가 아까 고양이가 울던 그곳이 맞나 싶어 창문 쪽으로 다가가 보니, 아까와는 다른 고양이 울음소리가 들렸다. 처음 들어보는, 기분 나쁜 사이렌 같은 울음 소리였다. 소리의 진원지를 찾을 수 없어 창가로 가서 가벽을 옆으로 치워 보니, 유리창 밖 좁은 공간에 아까 본 고양이가 딱 붙어 울고 있었다.

또 다른 울음소리는 푹신한 가죽의자 위 담요 속에서 들려왔다. 눈도 못 뜬 새끼 고양이 두 마리였다. 한 마리는 의자에 있고, 다른 한 마리는 강의실 바닥을 배로 밀며 일어나려는 듯 발버둥치고 있었다. 너무 작아서 처음엔 쥐인 줄 알았다. 자세히 보려고 담요를 들췄더니 창밖의 고양이가 걱정스러운 듯 울어댔다.

'네가 엄마구나.'

다른 건 몰라도 그건 확실하게 알 수 있었다.

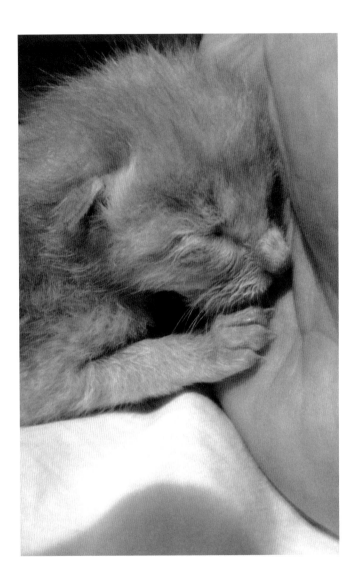

새끼 고양이 구조 작전

어미는 방학동안 유일하게 바닥이 차갑지 않은 이 강의실로 들어와 새끼를 낳았지만, 개강하고 갑자기 사람이 많아진 바람에 무서워서 들어오지 못하는 것 같았다. 창문을 열어주려 했지만 원래 막힌 창인지 잠겨 있던 것인지 열 수 없었다. 이때 창문을 열어주지 못한 것이, 나중에 두고두고 나를 죄책감에 힘들게 했다.

새끼 고양이들을 엄마에게 데려다주고 싶었지만, 휴대전화만 한 작은 꼬물이를 만질 자신이 없었다. 아직 탯줄이 달려 있는 신생아여서 정말 상상 이상으로 작았다. 팔다리는 커피 빨대보다 가늘어 보였다. 만지면 몸이 터질 것 같아 섣불리 건드리기 무서웠다.

하지만 언제 학생들이 들이닥칠지 모르는 상황이라, 누구에게 물어볼 겨를도 없이 일단 바닥에 있던 새끼 고양이들만 담요에 싸서 들고 나왔다. 어미에게 데려다주려고 다가갔지만 도망가 버렸다.

인스타그램에 조언을 구했더니 그냥 두면 어미가 차례대로 데리고 갈 거라고 했다. 하지만 불안해서 그곳을 떠날 수 없었다. 근처 카페에서 빵으로 점심을 때우고 돌아와 확인했을 때, 담요 속에는 새끼 한 마리만 남아 있었다. 정말 엄마가 데려간 걸까?

이제 남은 새끼 고양이를 어떻게 할지가 문제였다. 누군가는 손대지 말라며 사람 손을 타면 어미가 안 데려 갈 거라고 조언했고, 또 누군가는 체온 유지가 중요하다며 따뜻한 물을 담은 페트병을 넣어 두라고 했다. 이미 내가 손으로 집어든 아이는 어미가 데려갔기 때문에, 사람 냄새에 대한 경계심보다 모성애가 컸나 보다 생각했지만 그냥 그 자리를 떠나기엔 불안했다. 뭣 모르고 끼어든 나 때문에 혹시 새끼들이 잘못될까 무서웠다.

순살이가 다니는 동물병원 원장님께도 여쭤보고, 가장 가까운 동물병원에도 전화해봤지만 모두 그냥 두라고만 했다. 어미가 알아서 할 거라고, 지금 병원에 데려와도 해줄 수 있는 게 없다고. 자꾸 담요 밖으로 나오려는 새끼 고양이가 불안해서 상자를 구해다가 담요와 뜨거운 물을 담은 페트병을 두고 내가 일하는 건물로 돌아왔다.

사람들은 하루 정도 어미 없이도 새끼가 버틸 수 있을 거라 했지만, 저 아이가 상자 안에서 죽는다면 나 자신을 용서할 수 없을 것 같았다. 아직 심리치료 중이던 내 정신은 사소한 사건에도 무너질 만큼 취약했다. 작은 일도 멋대로 부풀려 생각하는 인지 오류 탓에 힘들던 무렵이라, 만약 새끼 고양이가 잘못된다면 직장에 다니기는커녕 평범한 일상생활마저 온전히 버틸 자신이 없었다.

다행히 그날은 첫 출근일 뿐 강의가 시작된 건 아니어서 아직 시간이 있었다. 가장 가까운 병원에 가서 분유와 주사기를 사 왔다. 어차피 나 혼자 할 수 있는 일도 아니어서, 제주도에 있는 유일한 지인이자 고양이 집사인 제순이네 언니에게 전화한 후 퇴근 시간만 기다렸다.

제순이 동생 제비

언니는 공방 문을 닫고 바로 달려와 주었다. 난 부서질까 무서워 잘 잡지도 못하는 고양이를, 언니는 바로 붙잡더니 능숙하게 분유를 먹였다. 마침 둘째를 들일 생각 중이었다며, 혹시 어미가 안 데려가면 자기가 키울 마음을 먹고 왔다고 했다.

그러면 더할 나위 없이 좋겠지만 아침에 본 어미 모습이 마음에 걸렸다. 우리는 일단 분유만 먹이고 새끼 고양이를 다시 상자에 넣어 늦은 밤까지 기다려보기로 했다. 어두워지면 어미가 안심하고 더 쉽게 데려가겠지 하는 마음이었다.

8월 말이었지만 밤엔 꽤 추워지는 날씨여서 시내 카페에서 기다렸다. 어미가 데려가주길 바라는 마음 한편으로는, 제순이 동생이 생길지도 모른다는 생각에 들떠 있었다. 그날 밤 어미 고양이는 오지 않았고 새끼 고양이는 결국 언니네 집으로 갔다. 이것도 묘연이라고 생각해 준 고마운 언니 덕분에 그 아이에겐 가족이, 제순이에게는 동생이 생겼다.

다음날 아침 출근도 미룬 채 새끼 고양이를 데리고 언니와 함께 동물병원에 갔다. 너무 신생아라 딱히 검사할 수 있는 것도 없었지만, 그래도 전문가의 소견을 듣고 싶었다. 병원에서는 수컷들만 있는 우리 집보단, 암컷인 제순이와 함께 지내는 게 좋을 거라고 했다. 언니는 그날 공방도 안 나가고 어린 고양이를 돌봤다. 제주 나비의 줄임말인 '제비'라는 이름도 지어 주었다.

며칠 뒤 언니가 서울에 가야 하는 사흘 동안 내가 제비를 돌보기로 했다. 두세 시간마다 한 번씩 따뜻한 물에 중탕한 초유를 주사기로 먹여야 했다. 새끼 고양이 돌보기는 이미 두 마리 수컷 고양이들에게 단련된 내게도 색다른 도전이었다. 눈도 못 뜬 녀석이 빽빽 울면서 계속 직진하는 모습이 신비로웠다. 먹기도 잘 먹고 똥도 엄청 잘 쌌다. 정량대로 초유를 먹이고, 배를 살살 만져주면 바로 묽은 변이 나왔다.

새벽에 알람을 맞춰두고 분유를 먹이고 배변을 유도할 때도 힘들기보다 웃음이 났다. 나와 전혀 어울리지 않는 일이지만 꽤나 능숙하게 해냈다는 생각에 보람도 느꼈다. 아침이면 제비를 담요로 돌돌 싸서 이동장에 넣고 같이 출근했고, 창문을 조금 열고 차에 두고 시간 날 때마다 들러 만져주고, 차에서 초유를 먹이고 배변 유도를 해 주며 '워킹맘' 코스프레를 했다.

감사하게도 내가 돌보는 동안 제비는 눈을 뜨고 탯줄도 뗐다. 상상 이상으로 경이로운 경험이었다. 잠도 잘 못 자고 몸은 피곤했지만 마음은 피곤하지 않았다. 아이를 낳고 키우는 엄마 마음이 이런 걸까 싶었다.

너무 이른 이별

언니가 돌아와서 제비를 그 집으로 돌려보낸 며칠 뒤에 전화를 받았다. 제비가 이상하다고. 분유도 안 먹고 몸이 안 좋아 보여 병원에 데려가니 신경 문제인 것 같다며, 마음의 준비를 하라는 소리를 들었다고 했다. 며칠 전까지 멀쩡했던 아이가 이상하다는 말이 와 닿지 않았지만, 퇴근 후 바로 언니네 집으로 달려갔다.

내가 도착했을 때 제비는 이미 무지개다리를 건넌 상태였다. 허무했다. 파란 눈도 크게 뜨고 있고, 몸도 아직 따뜻하고 굳지도 않았는데 숨을 쉬지 않았다.

우리가 함께한 기간은 고작 일주일이었다. 하지만 할아버지가 돌아가셨을 때보다 더 많이 울었다. 겨우 일주일을 살기 위해 이 작은 아이가 그렇게 발버둥 쳤나 생각하니 너무 불쌍하고 미안했다.

죽은 제비를 손에서 내려놓을 수가 없었다. 다 내 잘못 같았다. 처음부터 새끼 고양이들을 만지지 말았어야 했는데, 담요에 손대는 게 아니었는데, 창문을 잘 살폈으면 열 수 있었을지도 모르는데, 그럼 엄마가 데려갔을 테고 제비는 죽지 않았을 텐데…. 그런 생각에 오랫동안 죄책감에 시달렸다.

우리는 제비를 보자기에 싸고 상자에 담아 처음 만난 건물 앞에 묻어주었다. 신경 이상은 선천적인 문제이고, 그 시기의 새끼 고양이에게서는 종종 볼 수 있는 일이라고 했다. 누군가는 "어미가 아픈 아이는 일부러 버리고 건강한 아이만 데려간 거야"라며 위로했지만, 어떤 말도 위로가 되지 않았다.

그때부터 길에서 새끼 고양이를 만나면 멀리하게 됐다. 길을 걷다 어디선가 고양이 울음소리가 들리면 고민부터 한다. 혹시나 그때와 비슷한 상황을 마주할까 두려워서.

어느덧 제비를 묻어준 지 3년도 더 지났지만, 아직도 새끼 고양이에 대한 두려움은 조금 남아 있다. 새끼 고양이는 정말 귀엽지만 내게 너무나 불안한 존재다.

살구의 독특한 애정표현

박치기나 배 드러내기, 골골송도 사랑스럽고 꾹꾹이도 늘 고맙지만, 고양이가 조용히 다가와 내게 자기 몸을 슬그머니 대고 앉을 때 가장 설레고 행복하다. 서로의 등, 발, 엉덩이, 어느 부위든 상관없이 전해지는 그 따스함이 지친 맘을 녹여주는 것 같다.

집에 돌아오면 순구는 반갑다고 내 다리에 박치기를 하지만, 살구는 꼬리를 한껏 세우고 엉덩이를 들이댄다. 한데 난처하게도 살구가 엉덩이를 맞대는 신체 부위가 주로 얼굴이다. 사람이 가만히 있을 때 가장 안정감을 느끼는지, 내가 서 있거나 앉아 있을 때보다 누워 있을 때 훨씬 더 애교를 많이 부린다.

매일 아침저녁 살구의 기상천외한 애정표현을 받으면서 단련된 덕분에 나는 무의식적으로 방어하는 게 가능하지만, 순살이와 가끔 만나는 엄마는 방어 기술이 부족했다. 매번 살구에게 목과 가슴을 밟히며 컥컥거렸고, 엉덩이를 제때 막지 못해 아찔한 냄새를 코앞에서 직격탄으로 맞았다. 하지만 엄마는 그것마저 너무 좋다며 살구를 밀어내지 못하셨다. 유방암 수술 후 가슴을 보호해야 할 때도, 엄마는 살구에게 밟힐 걸 알면서도 순살이가 보고 싶다며 결국 위험을 무릅쓰고 우리 집에 오셨다. 혹시 몰라 쿠션을 껴안고 자면서도 살구의 애정 표현은 밀어내지 못하실 정도였다.

살구의 애정 표현 1단계는 누워 있는 사람 밟고 다니기다. 다리를 밟고 지나가기도 하지만 대부분 가슴과 목 부분을 밟고 지나간다. 5kg 가까이 되는 고양이 앞발로 가슴과 목을 밟히면 충격은 생각보다 크다. 잠들면 누가 업어가도 잘 깨지 않을 만큼 깊이 자는 나도, 살구의 '애교 한 방'에 새벽마다 몇 번씩 깨곤 했다.

이어지는 애교 2단계는 가슴에 올라와 엉덩이를 얼굴(특히 입과 턱)에 대는 것이다. 그냥 대는 정도가 아니라 배 쪽에 꾹꾹이를 하면서 슬금슬금 엉덩이를 뒤로 민다. 그럼 난 한쪽 손으로 엉덩이를 막고 다른 손으로는 살구 꼬리를 내려 항문을 가리느라 바쁘다. 꼬리 윗부분이 입술에 닿는 게 차라리 낫지, 엉덩이와 뽀뽀할 순 없으니까.

수납왕 순살탱

동그란 바구니나 스크래처에 몸을 동그랗게 말고 누워 있는 고양이는 종종 볼 수 있지만, 네모난 상자에 빈 공간 하나 없이 가득 찬 고양이는 정말 신기하다. 동그란 몸으로도 네모를 만들어 셀프 수납이 가능한 고양이들. 고양이 액체설을 증명하는 방법 중 하나가 아닐까 싶다.

다정한 밥도둑

　내가 일하던 대학교는 산 중턱에 위치한 지리적 특성상 떠돌이 동물들이 많았다. 버려진 동물들은 산으로 모여들어 하루하루 살아갔다. 한번은 학교 식당 옆에서 만나 한두 번 사료를 준 적 있는 고양이들이, 학생들이 담배 피고 쓰레기 버리는 정자 아래에서 기어 나오는 걸 보고 혹시나 싶어 들여다봤다. 허리를 숙이고 뺨이 흙에 닿을락 말락할 정도로 몸을 낮춰야 보이는, 나무판자 사이로 담뱃재가 떨어지는 어두운 공간. 그곳엔 그동안 마주쳤던 고양이들이 옹기종기 모여 살고 있었다.

　정자 근처에 사료와 참치를 두면 아주머니들이 꽁초와 쓰레기를 치우면서 함께 치워버리시곤 했었는데, 고양이 은신처를 발견하고 나서는 정자 아래 밥그릇과 물그릇을 넣어주니 안심이 되고 편했다. 아이들이 눈에 밟혀 주말에도 찾아가 밥을 주다 보면 종종 텅 빈 밥그릇이 정자 밖에 나뒹굴었다. '아줌마가 사료를 다 버리셨나? 학생들 장난인가?' 의심하다가도 '그럼 그릇째로 버렸을 것 같은데…' 싶었다.

　고양이들이 없을 때 사료와 참치만 두고 가려고 캔을 따던 어느 날, 학교에서 유명한 떠돌이 개가 다가왔다. 늘 함께 다니는 대형견 두 마리인데, 덩치가 너무 커서 무서웠다. 학생들이 주는 소시지를 받아먹던 걸 보고 길고양이 간식인 닭가슴살을 준 적이 있는데, 뒷발로 서서 앞발을 들면 내 키만큼 커지는 녀석들이 더 달라며 달려드는 게 무서워 닭가슴살만 던지고 도망갔다.

쿵쿵거리며 사료 그릇을 툭툭 치는 모습을 보니 문득 이 녀석들이 범인 같았다. 누런 개에게 고양이 캔을 따주고 따돌린 사이 사료를 정자 밑에 넣어줬는데, 참치를 다 먹은 개가 정자 아래 앞발을 넣어 사료 그릇을 빼내 먹는 게 아닌가. '저 녀석 범인 맞구먼.'

평소에는 길 건너 캠퍼스에서 지내지만, 가끔 이리로 건너와 길고양이 사료에도 입을 대는 것 같았다. 따로 사료를 주면 정자 쪽 사료엔 손을 안 대겠지 싶어, 같은 날 오후 반대편 캠퍼스로 가서 누워 있는 흰 개에게 사료를 한 그릇 내줬다. 순살이가 이틀은 먹을 수 있는 양이었지만, 큰 혀로 몇 번 "찹찹" 하니 반이나 사라졌다.

'와, 얘네는 먹는 양이 나보다 많겠네' 생각하는 찰나 흰 개가 밥그릇을 물고 뒤돌아 갔다. 처음 보는 '밥그릇 물고 도망가기' 스킬에 놀라 어디 가냐고 소리치며 따라가려다 멈칫했다. 흰 개는 멀리서 다가오는 누런 개 앞에 밥그릇을 떨어뜨리곤, 사료 먹는 모습을 바라보는 게 아닌가. 혼자 먹어도 모자랄 양이었는데 나눠먹다니… 동물에게 저런 마음이 있다니 숙연해졌다. 고양이 밥 훔쳐 먹는다며 잠깐이나마 미워했던 게 너무 미안했다. 다가갔더니 꼬리를 흔들며 반기는 개들에게 갖고 있던 닭가슴살을 모두 까 주고, 그릇이 너무 작아 바닥에도 사료를 한껏 부어줬다. 그렇게 나의 '개밥 셔틀'이 시작됐다.

개밥 셔틀의 시작

고양이와 개는 달라도 너무 달랐다. 길고양이는 밥을 줘도 도망가고 반 년 이상 만났어도 하악질로 답하기 일쑤였지만, 개는 밥을 줘도, 저리 가라고 해도, 놀려도 꼬리치며 날 반겼다. 비가 오나 눈이 오나 한결같았다. 하지만 꼬리치며 다가오는 개의 어디를 만져줘야 하는지조차 모를 정도로 나는 개에 대해 무지했다. '고양이 무식자'를 벗어났나 싶었더니 다시 '개 무식자'가 된 기분이었다.

머리도 나보다 크고 무서워 보이는 개들이지만 일주일 정도 지나니 분명해졌다. 애들이 나를 공격할 일은 없다는 점. 처음엔 조심스레 사료만 주다 이마를 쓰다듬는 사이가 되고, 용기 내어 아래턱을 긁어 주다가, 드러누우면 배를 긁어 주는 사이가 되기까진 오래 걸리지 않았다. 꼬질꼬질해서 한 번 만지면 손을 박박 닦아야 했지만, 화장실에서 씻고 나와도 여전히 나를 기다리는 사랑스런 개들을 다시 쓰다듬지 않기는 어려웠다.

신비로운 우주를 닮은 고양이 눈과 달리 새카맣기만 한 개의 눈이 예쁘다고 생각해본 적이 없었는데, 친해지니 까만 눈이 참 슬퍼 보였다. 밥 먹고 기분이 좋아 꼬리를 프로펠러처럼 흔들면서도 그 눈은 늘 슬펐다. 멀리서도 날 보면 꼬리치며 다가왔고, 내가 가려고 하면 밥을 먹다가도 멈추고 따라오는 충성심이 기특했다. 아무것도 해줄 수 없는 나를 무작정 믿는 그 마음이 두려웠다.

먹는 양도 어마어마했다. 처음엔 고양이 사료를 나눠주다 감당이 안 돼 개 사료를 따로 샀다. 순살이가 몇 달은 먹는 북어 간식 한 통을 앉은 자리에서 다 먹어치우기도 했다. 순살이는 닭가슴살 한 조각이면 충분한데, 애들은 닭 한 마리를 삶아가도 몇 입이면 사라졌다. 누렁이와 흰둥이 영상을 본 인스타그램 이웃이 개 사료와 간식을 보내주셨고, 순살이가 즐겨 먹는 간식 회사에서는 북어 파치 10통을 보내주셔서 큰 도움이 됐다.

그러던 어느 날 흰둥이가 사라졌다. 일주일째 보이지 않아 학생들에게 물어보니 학교 신고로 잡혀갔다고 했다. 혼자 남은 누렁이가 유난히 쓸쓸해 보였던 일주일 후, 흰둥이가 다시 나타났다. 둘의 사연이 유명해진 덕분에, 동물보호단체인 제주동물친구들 카페에도 글이 올라와 그간의 사정을 알게 됐다. 글을 올린 학생과 통화해보니 학교 신고로 읍사무소에서 포획용 덫을 놓았고, 누렁이는 도망쳐 흰둥이만 잡혀간 것을 학생들이 수소문해 찾아왔다고 했다. 그 학생은 학교에서 또 신고할 게 분명하다며, 둘이 같이 입양 보내고 싶다고 했다.

다음날 학교 행정실에 물어봤다. 개가 무서워 도망치다 넘어져 다리가 부러졌다는 학생을 포함해, 항의가 여러 건 들어와서 어쩔 수 없었다 했다. 배가 고파 산에서 내려온 녀석들이니 집 하나만 만들어주면 우리가 돌보겠다 했지만 거절당했다. 한데 포획된 녀석들을 데려간 곳이 보호소도 아닌 이상한 곳이라 마음에 걸렸다. 마음 같아선 당장 데려오고 싶었지만 내겐 그럴 능력이 없었다.

개를 만나고 다른 사람이 되었다

다행히 다음날 학생들 중 한 명이 부모님 댁 마당에서 키우겠다고 해서 입양 준비를 시작했다. 얼굴도 모른 채 연락만 주고받던 학생들을 직접 만나보니 기특했다. 국가고시를 준비하며 바쁜 중에도 흰둥이와 누렁이를 일 년 넘게 돌봤단다. 나도 뭐든 돕고 싶었지만, 막일을 시작한 형편이라 금전적으로 도울 수 있는 건 별로 없었다. 대신 남은 사료와 간식을 모두 건네줬다.

흰둥이와 누렁이 사연을 들은 어느 교수님이 중성화 수술비를 대 주셔서, 입양 전에 수술과 건강 검진도 마쳤다. 수술 후 목 칼라를 하고 차가운 바닥에 누워 있는 녀석들을 만나러 갔다. 닭을 삶고 북어를 따뜻한 물에 말아 주말에도 찾아갔다. 볼 날이 얼마 안 남았다고 생각하니 매순간이 아쉬웠지만, 입양처를 찾았으니 잘된 일이라며 위안을 삼았다.

대망의 입양 날, 멀리 섬 반대편 성산에 사는 분들이 흰둥이와 누렁이를 데리러 트럭을 타고 오신다고 했다. 수업 중이라 보지 못할 것 같아 아침에 미리 작별인사를 했는데, 마침 쉬는 시간에 그분들이 딱 맞춰 오신 덕분에 가는 길도 지켜볼 수 있었다. 스무 명쯤 되는 학생들이 배웅하러 나온 걸 보니 정말 많이 사랑받다 가는구나 싶었다. 우리가 만난 건 겨우 한 달 남짓. 그 짧은 기간 동안 하루에 몇 분만 봐도 이렇게 정드는데, 한때 가족이었던 개를 버린 건 어떤 사람들일까. 생각만 해도 화가 났다.

그런데 다음날 뜻밖의 연락이 왔다. 흰둥이와 누렁이가 밥도 물도 안 먹고 움직이지도 않는다 했다. 길에서 살 때는 사람한테 먼저 다가가 꼬리치며 음식을 얻어먹던 녀석들이 갑자기 낯을 가린다니…. 주변에 조언을 구했더니, 갑자기 낯선 곳에 간 탓도 있고 버림받은 걸로 느껴서일 수도 있다고 했다.

내가 가서 달래주면 나아질까 고민하다가 결국 주말에 찾아갔다. 늘 먹이던 고양이용 참치 캔을 주며 속삭였다. 너희는 버림받은 게 아니라고. 좋은 환경에서 지낼 수 있게 이 분들이 도와주시는 거라고. 이제 따뜻한 곳에서 안전하게 뛰어 놀라고, 많은 사람들이 너희를 항상 그리워할 거라고.

흰둥이와 누렁이를 만난 뒤로 나도 다른 사람이 되었다. 일단 길에서 만나는 모든 개들에게 마음이 쓰였다. 운전하다 길가에 돌아다니는 개들을 보면 멈추기 일쑤였다. 해줄 수 있는 것도 없으면서 안타까운 마음에 혼자 끙끙 앓았다. 목줄 없이 그냥 풀어놓고 키우는 개가 유난히 많은 제주도가 잔인하게 느껴졌다. 그리고 보신탕 반대론자가 되었다.

이제라도 내 마음 한 켠에 다른 동물들을 생각할 자리를 만들어준 흰둥이와 누렁이가 고맙다. 오늘따라 더 보고 싶다, 그 슬픈 눈이.

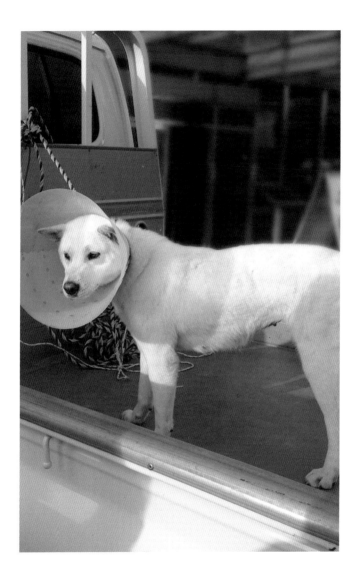

땅의 기운과 가까운 집

제주에 오기 전에 살던 집은 주상복합 건물 33층이었다. 처음엔 무서워서 창가 쪽으로 가지도 못했지만, 서울에 살다가 퇴사 후에 본가로 돌아가 순구를 처음 데려왔을 때도, 따로 살다가 결혼이 취소되면서 살구를 데려왔을 때도 그 집에서 지냈다. 창밖으로 보이는 경치 하나는 정말 좋았다. 하지만 창문을 활짝 열지 못해 답답했고, 환기도 잘 안 되고, 통유리라 여름엔 무척 더웠다.

혼자 살 땐 몰랐지만, 순구가 오면서 문제였다. 내가 없을 때 그 무더운 방에 순구를 혼자 두고 가야 했기에 늘 에어컨 시간을 조절하며 온도에 신경 써야 했다. 예전에 살던 도심 외곽의 원룸과 비교하면 그 방은 여름철 실내 온도가 3도 이상 높았다. 입양 초기 순구가 더위를 심하게 먹은 사건 이후로는 그 집이 더욱 싫어졌다. 너무 높아서 새도 안 보이고, 빗소리도 안 들리는 유리 상자 같은 방. 그곳에서 하루 빨리 벗어나고 싶었다. 순살이에게도 습관처럼 이야기했다. 새와 바람이 가까이 있는 시골로 꼭 데려가 주겠다고.

그 집에서는 나도 아팠지만 엄마도 암에 걸렸다. 엄마는 퇴원하자마자 "사람은 역시 땅의 기운과 가까운 곳에 살아야 한다"며 성치 않은 몸으로 무리해서 이사를 강행했다. 그때만 해도 난 엄마가 괜히 집 탓을 한다고 생각했다.

3년이 지난 지금 우리는 꿈꾸던 집에 살고 있다. 창밖으로 나무가 울창하고 늘 새가 지저귀는 단독주택이다. 난생처음 살아보는 1층이라 혼자 살기에 좀 불안했지만, 자연과 가까이 있음을 매일 느낄 수 있다. 가끔 도마뱀이 나타나고, 마당 데크엔 동네 고양이들이 놀러와 낮잠도 잔다.

자연과 가까워질수록 순살이는 눈에 띄게 온순하고 밝아졌다. 서로 치고받을 시간에 창밖 새와 벌레들에 집중하느라 싸우는 일도 줄어들었다. 소음 걱정 없이 우다다도 하고, 예전에는 거의 하지 않던 귀여운 채터링도 자주 들려준다.

이사 오고 처음 비가 오던 날, 빗소리가 너무 커서 깜짝 놀랐다. 창밖에 빗물이 바로 떨어지는 것도 신기했지만, 윗집이 아닌 천장에 비 떨어지는 소리가 엄청났다. 엄마가 말했던 '땅 가까이 사는 삶'이 왜 좋은 건지 이제야 조금 알 것 같다.

미어캣 순구

어쩌면 전생에 사람이었을까, 털옷 속에 숨긴 지퍼를 열고 사람이 걸어 나온다 해도 이상하지 않을 것 같다. 두 발로도 잘 서고, 앞발을 손처럼 능숙하게 사용하는 순구. 조금만 평소와 다른 소리가 나면 미어캣처럼 몸을 쭉 펴고 귀를 열어 주변을 살핀다.

고양이 성격은 냥바냥

사람들이 고양이에 대해 흔히 떠올리는 이미지는 도도하고, 개인적이고, 외로움을 타지 않는 모습이다. 하지만 내가 만난 고양이들은 모두 성격이 달랐다. 좋아하는 것도 싫어하는 것도 제각각이고, 저마다 기호가 분명했다.

순구만 해도 그렇다. 텔레비전이나 책에서는 대부분 "고양이는 배 만지는 걸 극도로 싫어합니다"라고 말했지만, 대부분의 고양이에겐 그 말이 맞을지 몰라도 순구는 예외였다. 순구는 배 만져주는 걸 가장 좋아하고, 이름을 부르면 쳐다봐준다. 제순 언니네 고양이 제순이는 물을 좋아해서 언니가 샤워할 때면 따라 들어와 물장난을 함께 친다고 한다.

영역동물인 고양이는 낯선 장소를 두려워하고 싫어한다지만, 순구는 한때 나를 따라 산책을 다니기도 했다. 반면, 살구는 흔히 알려진 고양이다운 특성을 다 갖고 있다. 구석을 좋아하고, 낯선 사람을 싫어하는 모습은 일반적인 고양이들과 비슷하다. 하지만 살구도 친해진 사람에게 마음을 열면 이름만 불러도 달려와 주고, 곁에서 베개를 같이 베고 잔다. 도도한 듯하지만 충성심 있는 고양이다.

지구 반대편에서 나고 자란 것처럼 다른 순구와 살구의 성격 차이가 극대화되는 곳은 바로 병원이다. 살구는 집에선 무서운 것 없이 순구를 때리며 대장처럼 굴지만, 집 밖에선 한없이 작아지는 쫄보다. 눈치는 또 얼마나 빠른지, 이동장을 꺼내는 순간 병원행이라는 걸 알고 구석에 숨어버린다. 병원에 갈 때마다 007 작전을 짜야 할 정도다.

반면 순구는 집에선 살구에게 얻어맞지만, 밖에선 여기저기 기웃거리며 누가 만져도 신경을 안 쓴다. 주사를 맞아도 '그러려니' 하고 앉아 있는 대범한 성격이어서, 병원에서는 한껏 소심해진 살구가 순구 품에 얼굴을 콕 박고 숨는다. 평소 살구를 피해 다니는 순구는 그 순간 귀를 날아갈 듯 젖히며 싫은 표정을 짓지만, 이내 큰형답게 가만히 받아준다.

순구가 없을 땐 엄마 품속에 숨어서라도 눈을 가려야 안심하는 살구는, 집에 오는 순간 다시 대장으로 돌변한다. 정말로 순구 빼고 세상이 다 무서운 살구와, 살구 빼곤 세상에 두려울 게 없는 순구다.

길고양이를 응원하는 '털길 이벤트'

원룸에 살던 시절 순구와 살구는 치열하게 싸웠다. 상처는 나지 않았지만 서로 할퀴고 물다 뽑히는 털이 어마어마했다. 조금 더 큰 집으로 옮기면서 싸우는 빈도가 줄었지만, 퇴근하고 돌아오면 둘이 싸우느라 흩날린 털 뭉치가 방바닥에 길처럼 이어진 게 너무 웃겼다.

그런 상황을 찍은 사진들에 #털길이벤트 태그를 달아 인스타그램에 올리기 시작했다. 힘들게 일하고 온 엄마를 위해 순살이가 털길을 만들어준다는 뜻인데, 연예 프로그램 《프로듀스101》에 출연한 아이돌 지망생이 엄마에게 들려준 "꽃길만 걷게 해 드릴게요"라는 말을 패러디한 것이다.

장난으로 붙였던 털길 이벤트 태그가 점점 늘면서, 나중엔 순살이가 멱살 잡고 싸우는 사진이나 도망 다니는 사진들이 인기가 많아졌다. 심지어 순살이가 싸우는 그림을 그려주신 일러스트 작가 분까지 등장했다. 그 그림을 인스타그램 계정에 올렸더니 "너무 귀여워요! 엽서로도 만들어주시면 안 되나요?"라는 이웃 분들의 요청이 쏟아졌다.

한 번도 안 해본 일이라 처음엔 망설여졌다. 하지만 '수익금으로 길고양이들을 도울 수 있지 않을까?' 싶었다. 언젠가는 순살이가 받는 사랑을 길고양이와도 나누고 싶었는데, 그 날이 생각보다 일찍 찾아온 것이다. 비록 순살이는 모른다 해도, 순살이 이름으로 다른 길고 양이 친구들을 돕게 되다니 생각만 해도 설렜다.

일은 점점 커져서 엽서뿐 아니라 머그와 스티커까지 세트로 만들게 되었다. 인쇄에 대한 이해는 부족하지만 제품의 질과 완성도가 가장 중요하다고 생각했고, '순살이네' 이름을 건 기부 이벤트에 순살이만 보고 동참해 준 분들에게 그저 그런 물건을 보내고 싶진 않았다. 그런 마음으로 이것저것 까다로운 부탁을 드려도 작가님은 선뜻 반영해 주셨다.

하지만 전혀 해본 적 없는 일을, 서울에 계신 작가님과 제주도에 사는 내가 한 번 만나지도 못한 채 진행하는 게 쉬운 일은 아니었다. 세상엔 정말 다양한 재질과 무게의 종이와 스티커 용지, 그리고 잉크가 있었다. 스트레스에 머리가 빠질 정도로 마음고생하며 수없이 종이를 테스트했고, 그림도 몇 차례 수정을 거쳤다.

결국 반년이나 걸려 오픈한 '순살이네 털길 이벤트'에는 수백 명의 이웃들이 정성을 모아주셨다. 얼굴도 이름도 모르는 분들의 마음이 모여 길고양이를 돕는 힘이 된 게 너무 감사해서, 그분께 뭐라도 더 드리고 싶었다. 그래서 그동안 간직했던 순살이 사진 수백 장을 인화했고, 엽서 한 장만 주문한 분들께도 함께 넣어 보내드렸다.

영수증과 내역서를 모으고 10원 단위까지 엑셀로 계산해 내역을 공개하는 걸로 기부 이벤트는 잘 끝났다. 굿즈 제작비와 작가료를 제외하고도 약 170만 원의 순수익이 남았다. 그 금액은 모두 '나비야 사랑해' 보호소에 기부했다. "순살이 덕분에 별 걸 다 해 본다"면서 시작한 일을 끝내고 나니, 힘들었던 만큼 나도 성장해 있었다. 역시 사람의 마음을 모아주는 고양이의 힘은 정말 대단하다.

엄마 바라기 살구

　제주도에서 처음 직장을 구할 무렵, 일주일간 육지에 있는 본사에서 교육을 받아야 할 일이 생겼다. 집 근처엔 딱히 순구와 살구를 부탁할 만한 사람이 없었고, 친한 제순 언니네는 당시 차가 없던 때라 우리 집까지 방문 탁묘를 와 달라고 부탁하기도 미안했다. 결국, 제순 언니네 작은방을 순살이 물건으로 채우고 순구와 살구를 데려다가 일주일만 돌봐달라고 부탁하기로 했다.

　순구야 워낙 장소와 사람을 안 가리는 아이라 염려가 없었지만, 낯을 가리는 살구가 걱정이었다. 그래도 '육지에서 제주까지 배로 이동하는 2박 3일 동안에도 별 탈 없었으니, 다른 집에서 일주일 정도 지내는 것쯤이야 괜찮겠지' 하고 애써 마음을 다잡았다.

　살구를 안심시키기 위해 육지에 가기 전날 아이들과 함께 그 방에서 하루를 함께 묵었다. 하지만 살구는 갑자기 환경이 바뀌자 그만 겁을 먹었다. 다음날 내가 떠날 때까지 가장 좋아하는 간식도 거부한 채 아무것도 먹지 않고 가쁘게 숨을 쉬며 힘들어했다.

　그런 살구를 남겨두고 육지로 향하는 마음은 무거웠다. 오랜만에 다시 일하려니 건강도 걱정이었지만 정신적으로도 조금 버거웠는데, 그 와중에 살구까지 식음을 전폐하는 모습을 보니 이 결정이 옳은 건가 싶었다. 게다가 일도 내가 생각했던 것과 좀 달라서, 결국 일주일간의 교육 기간을 다 채우지 못하고 예정보다 빨리 제주도로 돌아왔다.

이미 방 밖으로 나와 제순 언니네 집 구석구석을 탐색하고 돌아다니던 순구와 달리, 살구는 내가 도착할 때까지도 물 한 모금 마시지 않고 구석에서 숨죽이고 있었다. 평소 차에 태우면 이동장 안에서 꼼짝도 않고 있던 살구였는데, 언니네 집을 벗어나 차에 타자 이내 안심했는지 먼저 고개를 내밀고 나와서 간식을 받아먹었다.

제주에 얻은 새 집에서도 살구가 적응을 빨리 해서 다행이라고 생각했는데, 그것도 다 나와 함께 있었기에 가능했던 일이구나. 그렇게 생각하니 나만 바라보는 살구 마음이 더 애틋하고 고마웠다. 혹시라도 자기가 또 버려진 거라고 생각했던 걸까? 미안해, 또 다시 버려질 거라 걱정하게 만들지 않을게.

두 눈이 안 보이는 고양이

개인 수업과 대학 강의, 투잡을 뛰며 정신없이 바빴던 어느 가을날, 인스타그램 다이렉트 메시지를 받았다. 선천적으로 안구가 생성되지 않아 두 눈이 안 보이는 고양이를 구조했는데 살구를 보면서 힘을 얻는다고.

언제부턴가 다이렉트 메시지가 감당 안 될 정도로 많이 와서 모르는 사람의 메시지는 받지 않게 설정해뒀는데, 나도 모르게 그분의 인스타그램을 찾아보고 있었다. 이런 메시지를 한두 번 받아본 것도 아닌데, 그 계정까지 들어가 사진과 글을 본 걸 보면 뭔가 내 마음을 끄는 점이 있었던 것 같다. 팔로워도 몇 명 없는, 정말 고양이 입양 홍보만을 위해 만든 계정이었다. 그해 여름부터 눈이 불편한 어린 고양이를 지켜보다가, 어미가 독립시킨 뒤로 아이에게 위험한 상황이 이어지는 바람에 119 구조대의 도움으로 구조했다고 한다. 고양이가 병원에서 치료받는 과정도 담겨 있었다.

살구를 키우면서 양쪽 눈을 실명한 고양이 사진은 종종 봤지만 전부 외국 계정이었다. 한국에서, 그것도 길에서 살던 아이는 처음 봤다. 살구를 입양한 뒤로, 눈을 잃었거나 겉으론 멀쩡해 보여도 시력이 없는 고양이가 생각보다 흔한 걸 알았지만, 우리나라에선 그런 길고양이가 입양되어 잘 살고 있는 사례를 찾기 힘들었다. 늘 위험이 도사리고 있는 길에서 지내니 대부분 성묘가 되기 전에 사고사나 안락사를 당하지 않았을까 싶다.

장애가 있는 고양이 입양이 얼마나 힘들지 잘 알기에, 멀지만 제주도라도 괜찮다면 입양처를 구할 때까지 임시 보호를 하겠다고 메시지를 보냈다. 당시 바빠서 순살이도 제대로 챙기지 못할 정도였지만, 중성화 수술 후 접종을 마치면 학기가 끝난 후일 테고, 그럼 나도 조금 쉬면서 다른 고양이를 돌볼 수 있을 것 같았다.

덜컥 임보를 하겠다고 말해놓고 나니, 이 고양이를 입양하겠다는 사람이 나타날지 너무 걱정됐다. 나도 모르게 틈만 나면 앞 못 보는 고양이 키우는 정보를 찾고 있었다.

셋째 입양에 대한 고민

살구를 키우면서 외국에는 비슷한 사례가 많다는 걸 알았던 터라, 구글에서 'blind cat'으로 검색하니 꽤 많은 자료가 있었다. 인터넷 자료뿐 아니라 고양이 습성에 관련된 다큐멘터리도 찾아봤다. 고양이는 청각과 후각, 그리고 수염만 있으면 눈 없이도 큰 어려움 없이 지낼 수 있다고 했다. 인간처럼 시각이 지배적인 감각이 아니기 때문에 답답함을 느끼는 정도도 덜하고, 정신적으로도 견뎌낼 수 있다는 거였다. 고양이가 놀라지 않게 소리로 내 위치를 알려주며 다가가고, 가구 위치를 자주 바꾸지 않고, 몸을 번쩍 들어 아무 데나 옮겨 놓지 않으면 괜찮다는 것이다.

공부하면 할수록 나도 키울 수 있겠다는 자신감이 생겼다. 고양이의 장애를 버겁게 느끼는 사람보다는, 이미 살구를 키우며 시각장애 고양이에 익숙해진 내가 키운다면 사람도 고양이도 덜 힘들지 않을까.

의욕은 넘쳤지만 사실 내겐 고양이 한 마리를 더 키울 체력과 재력이 없었다. 셋째를 데려올 생각을 하는 것 자체가 우리 집 데크로 밥 먹으러 오는 길고양이들에게 미안했다. 이 아이들도 다 집에 들이고 싶지만 그렇게 못 하는데, 굳이 서울까지 가서 고양이를 데려온다는 것도.

무엇보다 살구와 합사 과정에서 많이 힘들게 했던 순구가 걱정이었다. 만약 동생을 맞이한다면 분명 작고 어린 암컷 고양이를 데려오려고 했다. 그런데 이번에도 수컷 고양이를, 그것도 순살이만큼 덩치 큰 아이를 데려온다는 건 있을 수 없는 일이었다.

내 이기심으로 순구가 아픈 걸 다시 볼 순 없었기에, 일단 구조자 분께 상황을 설명하고 임보부터 하기로 결정했다. 섭이에게 계획을 말했더니, 이번에도 또 가여운 아이를 데려와서 내가 마음 아파할 것 같다며 걱정부터 해 주었다. 그래도 임보를 하겠다고 고집하자, 섭이는 필요하다면 자기도 경제적으로 도움을 주겠다고 했다. 그 말이 큰 힘이 됐다. 12월부터 임보를 시작하기로 했지만 구조자 분과 스케줄이 맞지 않아 이듬해 1월로 미뤘다. 이사한 집에서 처음 맞이한 겨울, 엄청난 기름 값과 세금 폭탄을 맞으면서 마음이 흔들렸다. 내게 입양은커녕 임보할 자격이 있는지조차 의문스러웠다.

고민이 많았지만 이제 와서 결정을 뒤집을 순 없었다. 하는 데까지 해보자는 마음으로 섭이의 도움을 받아 옷 방을 고양이 임보 방으로 만들었다. 네트망을 잔뜩 사서 천장까지 다 막았고, 난방비를 아끼려고 옷 방으로 통하는 난방을 막아둔 것도 다시 열어두었다. 순살이와도 함께 타보지 못한 비행기로 난생처음 만나는 고양이를 혼자 데려올 생각에 한 달 이상 마음을 졸였다.

두 번째 합사 실패는 없다

1월 13일, 드디어 임보할 고양이를 데리러 부천으로 갔다. 사진으로만 보던 고양이를 실제로 마주하니 '얘는 눈을 늘 감고 있는데 자는지 안 자는지 어떻게 알 수 있을까?' 하는 엉뚱한 생각이 먼저 들었다. 고양이는 낯선 사람 냄새를 느끼고 이리저리 숨으며 츄르도 먹길 거부하고 움츠러들었다. 앞 못 보는 고양이 한 마리를 두고 어른 네 명이 씨름하다 겨우 이동장에 넣었다.

고양이와 함께 집을 나서는 순간부터 엄청난 긴장이 시작됐다. 원체 허약한 데다 스트레스와 추위에 약한 내 몸은 차가운 바깥 공기를 맞닥뜨리자마자 천근만근 무거워졌다. 하지만 감사하게도 고양이는 비행기에서 소리 한 번 안 냈고, 차에서도 꼼짝 않고 조용히 집까지 와 줬다.

긴장한 나와 고양이의 여정을 위해 육지에선 섭이가 공항까지 데려다주었고, 제주에선 제순 언니가 공항에서 시내에 주차해둔 내 차까지 태워다 줬다. 육지 임보자 분은 이동장에 패드를 깔아주셨고, 나는 핫팩과 순살이 냄새가 스민 담요를 준비했다. 구조자 분은 대포장 사료와 3차 접종비를 챙겨 주셨다. 무게 때문에 사료와 고양이를 함께 들고 올 수 없어서, 섭이가 당장 필요한 사료만 소분해서 주고, 나머지는 택배로 보내기로 했다. 고양이 한 마리의 구조와 입양에 이렇게 많은 사람들의 수고와 사랑이 배어 있다니. 오래 전 살구의 입양 절차를 지켜보며 느꼈던 감동을 잠시나마 다시 느낄 수 있었다.

나를 도와주던 섭이와 제순이네 언니가 농담처럼 말했다. 임시 보호를 위해 데려온 고양이지만 다시 보낼 수 있을 것 같진 않다고. 나도 부정할 순 없었지만 그건 내 선에서 결정할 일이 아니었다. 오로지 순구, 살구만 허락해줄 수 있는 일이었다. 살구는 우리 집에 오기 전 '고양이 유치원'에서 다른 고양이들과도 함께 잘 지냈고, 순구와 아옹다옹하긴 했지만 사실 함께 놀고 싶은 장난기에서 시작된 싸움이었기에, 새로운 아이도 좋아해줄 거라는 믿음이 컸다.

내가 그린 큰 그림은 서로 아픔을 공유하는 임보 고양이와 살구가 친해져서 살구의 외로움이 해소되고, 순구는 다시 자유로운 외동 고양이로 살게 되는 것이었다. 하지만 큰 기대는 없었다. 순구와 살구의 불편한 동거를 지켜보면서 고양이들의 관계는 인간 마음대로 할 수 있는 게 아님을 잘 알았기 때문이다.

무지했던 내 탓으로 합사에 실패했던 경험이 있어서 이번에는 더 열심히 공부했고 적응 기간도 길게 잡았다. 순살이가 안정감을 느낄 수 있도록 옷 방 안에 또 다시 네트망으로 집을 만들어 임보 고양이를 들여보냈고, 낯선 냄새로 느끼지 않도록 순살이가 쓰던 담요와 방석을 사용하게 했다. 합사의 성공 여부가 입양과도 밀접한 관계가 있고, 거기에 임보 고양이의 미래가 달렸기에 정말 잘해보고 싶었다.

탱실신

탱구는 길에서 살다 생후 6개월이 되어서야 사람 손을 탔지만, 격리 합사 중에도 네트망을 뚫고 침대로 와서 나와 살을 맞대고 잤다. 종종 사람처럼 입을 벌리고 자는 모습이 재미있다. 앉아 있다가 어느새 눈을 감고 웃는 얼굴로 잠든 것도 귀여운데, 서서히 벌어지는 입을 보고 있으면 시간 가는 줄 모른다. 하루 종일 자느라 어지간히 피곤했던 모양이다.

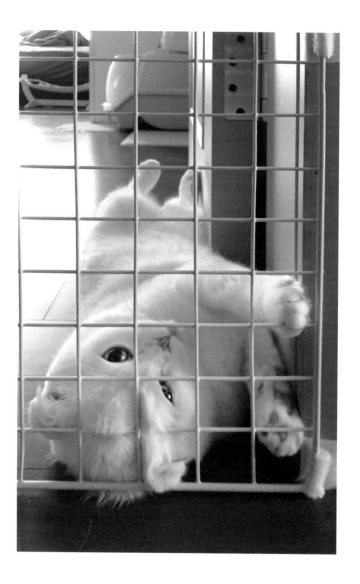

동정 대신 공평한 사랑을

살구를 데려올 때도 그랬지만 이번엔 마음을 더 굳게 먹었다. 잠시 스쳐갈 인연이라면 인스타그램을 보며 연민을 느끼는 걸로 끝날 수도 있었을 것이다. 하지만 장애가 있는 고양이와 평생 함께 지내기로 결심한 이상, 막연한 동정은 서로를 지치게 할 뿐이라고 생각했다. 늘 좋은 일만 있을 순 없기에 언제 어떤 나쁜 일이 생겨도 자책 없이 이겨낼 수 있길 바랐다. 나는 정신력이 강하지도 않고 작은 스트레스에도 몸이 크게 반응하는 사람이니까, 내가 잘 버텨야 고양이들이 욕먹지 않는 길이라 생각했다. 나를 가장 잘 아는 섭이가 셋째 입양을 우려했던 것도 내 마음이 힘들까 걱정했기 때문이고, 부모님이 반대하는 이유 역시 같았기에 보란 듯이 더 강해지고 싶었다.

돌이켜보면 살구를 처음 데려왔을 때 합사의 첫 단추를 잘못 끼웠던 것도 '살구는 한쪽 눈이 없어서 불편할 테니까 순구가 양보해야지' 하고 생각한 내 탓이었다. 하지만 순구는 살구에게 한쪽 눈이 없다고 봐주는 법이 없었고, 살구도 낯선 환경에서 만난 순구에게 절대 지지 않았다. 눈이 있고 없고의 문제로 신경 쓰는 것은 사람일 뿐, 고양이들은 서로를 있는 그대로 받아들였다.

나 역시 살구가 가족이 된 뒤로는 살구 눈에 대해 생각하지 않았고, 함께 행복한 현재만 생각했다. 그런 마인드컨트롤이 살구와 순구의 원만한 관계에도 도움이 된 것 같다. 임보 중인 고양이에게도 같은 마음이었다. 길에서 눈 없이 태어나 5개월을 버티며 겪었을 고통에 마음아파하기보다 살아남아줘서 고맙다고, 넌 참 대단한 존재라고 격려하며 우리 앞에 펼쳐질 미래만 보려 했다. 눈이 전혀 안 보이니 내 도움이 꼭 필요하겠지만 길만 잘 안내해 주겠다고, 섣부른 동정 대신 모두 같은 마음으로 사랑해 주겠다고 다짐했다.

실제로 지금까지 고양이 셋을 키워보니, 녀석들끼리 잘 지내는 데 있어 눈의 개수는 아무 영향을 미치지 못하는 것 같다. 오히려 우리 집 고양이 중에 눈이 가장 많은 순구가 셋 중에 제일 부실하니 말이다.

댕댕이 탱구

제주도 집에 도착한 뒤 얼어붙은 듯 굳어 있던 임보 고양이는 조금 경계하다가 몇 시간이 지나자 '개냥이'로 돌변했다. 만나기 전부터 이런저런 걱정이 많았지만, 막상 데려오고 나니 우려했던 게 민망할 정도로 적응이 빨랐다. 내가 손을 갖다 댈 때마다 좋아서 박치기를 했고, 한번 골골송을 시작하면 멈출 줄 몰랐다. 임보 집에서 같이 지내던 강아지와 뛰어다니며 잘 노는 영상을 보긴 했지만 이 정도일 줄이야. 장난감 하나로도 아주 오랫동안 신나게 노는 아이, 우리 집엔 없던 캐릭터가 나타났다. 이 아이에 비하면 순살이는 할아버지에 가까웠다.

하는 짓이 강아지 같아서 요즘 '멍멍이'라는 단어 대신 유행하는 '댕댕이'에 '구'자 돌림자를 붙여 '댕구'라고 불렀다. 이름을 부르면 바로 다가와 부비고 올라타는 성격이 영 고양이 같지 않았다. 부르다 보니 발음상 자연스럽게 댕구보다 탱구가 입에 착 붙어서, 녀석의 이름은 곧 탱구가 되었다.

긴장 탓인지 첫날은 대변을 보지 못해서 항문이 빨갛게 부풀어 올랐지만, 탱구는 다음날부터 심하게 잘 먹고 잘 쌌다. 순구와 살구 둘이서 하루에 먹는 양보다 혼자 더 많이 먹고, 이틀에 한 번 대변을 보는 형들보다 훨씬 큰 대변을 하루 두 번씩 배출했다. 성격도 너무나 발랄하고 활동적인 데다 수다스러웠다. 고양이 같은 누렁개가 아닌가 싶을 정도였다. 예상치 못한 모습에 조금 당황했지만 일단 잘 먹고 잘 자는 것만으로도 감사했다.

앞이 보이지 않지만 탱구는 유달리 발달한 청각과 후각, 예민한 수염으로 사람과 장애물의 위치, 장난감의 움직임, 화장실과 사료 위치를 단번에 파악해 어려움 없이 사용했다. 내가 조심할 일이라곤 안았다가 내려놓을 때, 자신의 위치를 쉽게 파악할 수 있도록 스크래처나 방석 위에 올려놓아 주고, 다가가기 전에 이름을 먼저 불러주며 놀라지 않게 하는 정도였다.

큰형 순구에겐 미안한 말이지만, 탱구는 순구보다 여러모로 뛰어난 구석이 많았다. 장난감에 대한 반응 속도는 오히려 순구보다 빨랐다. 앞이 보이지 않아도 볼일을 본 후엔 깔끔하게 모래로 잘 덮고 나오는 탱구를 보니, 두 눈을 뜨고도 자기가 싼 똥을 밟고 나오는 순구가 어이없을 지경이었다. 무엇이든 척척 해내는 바람에 생각보다 도울 게 별로 없는 탱구의 등장으로, 순구는 우리 집에서 '눈은 제일 많은데 손은 제일 많이 가는 큰형'이 되었다. 얼마 지나지 않아 나도 탱구가 자는지 안 자는지 구별하는 방법을 터득했다.

탱구의 놀라운 적응력

다행히 탱구는 요구사항을 다 표현하는 아이었다. 처음엔 격리해둔 방에서 계속 소리를 지르는 녀석이 불쌍하고 미안했는데, 시간이 갈수록 탱구의 울음소리엔 각자 다른 이유가 있다는 걸 알게 됐다. "심심하다, 장난감이 떨어졌다, 배고프다, 졸리다, 화장실 치워라" 등등 욕구가 있으면 무조건 울었다. 내 몸은 하나인데 방문만 닫으면 돌아오라고 소리 지르는 탱구와, 거실에서 질투의 눈총을 쏘는 주는 순살이들 사이에서 눈치 보며 제대로 육아 체험을 했다.

합사를 시도하기 전에 순살이는 이미 탱구의 목소리로 존재를 눈치 챘지만, 이중격리 덕분인지 큰 반응은 없었다. 일주일쯤 지나자 탱구는 격리 방 안에 네트망을 쳐서 만든 간이 케이지 틈새로 비집고 나오거나, 아예 케이지를 부수고 탈출하기 시작했다. 아침에 방문을 열면 이미 밖에 나와서 옷 방을 휘젓고 다니고 있었다.

어떤 날은 방문을 열자마자 밖으로 튀어나와 혼자 여기저기 기웃거리며 다녔다. 어디 한 곳에도 크게 부딪히지 않고 다녔고, 2층 집 전체 동선을 파악하는 데는 하루도 걸리지 않았다. 그렇게 조금씩 순살이가 받아주는 선 안에서 돌아다니게 허락했더니, 점점 밖에서 지내는 시간이 많아져서 격리 방 안에서의 생활에 만족하지 못했다. 격리 방에만 가두면 밤낮없이 울어대는 통에, 아예 네트망 케이지를 거실로 옮겨 식탁 밑에 고정시켜 주었다. 케이지 문은 이중으로 막았고, 혹시나 싶어 2층 계단 입구도 높은 네트망으로 막았다.

그런데 다음 날 이른 아침, 탱구 울음소리가 평소보다 더 크게 들려와 잠에서 깼다. 어떻게 된 건지 탱구가 2층에서 울고 있었다. 네트망 케이지를 부수고, 순살이도 못 지나가게 막아둔 계단 입구의 높은 네트망을 넘어 기어코 올라온 것이다. 아, 얘를 정말 어쩐다? 아직 탱구가 안전하게 다닐 수 있을지 확신이 없어 2층 계단을 막아둔 건데, 이런 식이라면 어떻게 막아도 또 올라올 게 뻔했다.

결국 이참에 2층 계단 사용법을 알려주었다. 집 안 동선을 외운 속도로 보아 계단 난간은 밧줄로 촘촘히 막으면 탱구가 충분히 사용할 수 있을 거라 믿었다. 2층에서 울고 있는 탱구를 계단으로 안내해 스스로 내려오게 도와줬더니, 똑똑한 탱구는 내 예상보다 훨씬 수월하게 길을 이해했다. 처음엔 미끄러지기도 했지만 곧 계단 코너도 잘 피해 갔고, 턱이 좁아지는 곳에서도 미끄러지지 않게 넓은 쪽으로 돌아 지나갔다. 길에서 지낸 5개월간 터득한 노하우인지 아니면 타고난 본능인지, 집 안의 동선을 외웠듯 계단 개수도 외워서 다니는 것 같았다. 화장실도 들어오려는 걸 몇 번 막았더니 그 후론 문 앞에서 기다릴 뿐 더는 진입을 시도하지 않았다.

탱구는 밝은 성격과 적응력으로 계단 외에는 내 도움을 크게 필요로 하지 않고 너무나 잘 적응해줬다. 그 모습을 가장 가까이에서 지켜볼 수 있어서 행복했다. 경제적인 문제나 내 체력 같은 건 더 고민할 필요가 없었다. 탱구를 임보하며 느낀 건 보람이 아니라, 장애를 이겨내는 경험을 함께하고, 누구보다 구김 없이 행복하게 하루를 즐기는 아이와 함께할 수 있음에 대한 감사였다.

신참을 질투하는 살구

탱구 임보 전부터 가장 걱정했던 순구의 반응 역시 예상을 빗나 갔다. 임보 며칠 후, 격리 방 문이 열린 틈으로 순구가 먼저 들어왔다. 의외였다. 다른 고양이의 존재를 감지한 탱구가 조용히 있자, 순구는 한참 쳐다보다 하악질 한 번 없이 나갔다. 탱구의 장애를 눈치 챈 건 지, 순구는 그 후로 탱구를 크게 경계하지 않고 방문이 열릴 때마다 들어왔다. 종종 탱구의 움직임이 갑자기 커질 때마다 놀라 하악질을 하긴 했지만, 네트망을 사이에 두고 얼굴을 맞대 냄새를 맡으며 적응 해갔다. 탱구도 순구 앞에선 조용히 기다릴 줄 알았다.

오히려 문제는 격리 방, 아니 방문이 있는 부엌 근처도 못 오는 살구였다. 하지만 살구도 곧 탱구를 받아들이게 될 거라 믿었다. 순살 이와 탱구가 만난 지 일주일도 채 지나지 않았지만, 생각보다 원활한 합사 과정을 지켜보며 이미 입양을 결심하고 있었다. 살구 때와 달리 스트레스성 설사 한 번 없이 마음을 열어준 순구의 반응에 용기를 내 서, 점점 탱구가 거실에서 지내는 시간을 늘려갔다. 멀리서 경계하던 살구가 이따금 탱구에게 다가가 때리긴 했지만, 길도 안내해 주고 곁 에 다가와도 가만히 있는 순구의 변화가 경이로웠다. 살구와 있을 때 는 한 번도 볼 수 없던 형님다운 모습이었다.

살구가 탱구를 때리는 것도 싫어서라기보다는 겁먹고 앞발을 휘두르는 정도여서 큰 걱정이 없었다. 오히려 놀고 싶은 탱구가 살구에게 장난을 걸고, 살구와 우다다를 하면서 전처럼 살구가 순구를 괴롭히는 횟수도 줄었다. 순살이의 '털길 이벤트'가 사라진 것이다.

때리는 살구와 맞는 탱구 사이에서 한 달 이상 눈치를 보다 보니 문득 그런 생각이 들었다. 순구가 탱구의 장애를 눈치 챌 정도라면 살구도 모를 리 없는데, 저렇게 경계하는 이유는 오히려 순구 때문이 아닐까? 지금도 순구는 살구가 근처만 와도 하악거리며 피하고, 가끔 살구가 그루밍이라도 해 주려 하면 먼저 때리고 도망가곤 한다. 그런 순구가 탱구는 너무 쉽게 받아들여준 게 살구 입장에선 섭섭하지 않았을까. 탱구는 이 집의 신참인데, 같은 행동을 해도 자신에게만 가혹한 순구 때문에 탱구를 더 미워하는 게 아닐까.

그것 또한 인간인 내가 도와줄 수 없는 부분이기에, 나는 그저 살구를 한 번 더 안아주고 사랑한다 말해 주는 일밖에 할 수 없었다. 이번에도 고양이들의 관계는 내 예상과 전혀 다르게 흘러갔지만, 탱구 덕분에 몰랐던 순살이의 모습을 볼 수 있어 감동했다. 예상을 빗나간다는 말은 흔히 부정적으로 쓰이지만, 그 말이 예상치 못한 기쁨을 뜻하게 될 줄이야.

나만 좋아선 할 수 없는 일

순구가 탱구를 받아주고, 나도 점점 탱구와 정이 들면서 입양을 주저했던 이유들이 사라져갔다. 돈 문제는 빚을 조금 더 천천히 갚는 방향으로, 체력 문제는 내가 더 잘 먹고 운동하는 걸로 점차 괜찮아질 거라 합리화해갔다. 하지만 그것만으론 해결되지 않는 문제도 있었다. 고양이를 입양할 때는 현재의 조건도 중요하지만, 미래의 계획 또한 중요하기 때문이다.

살구 입양 전에도 그랬지만 난 아직도 '결혼 및 출산 예정자'라는, 고양이 입양에 있어 기피 1순위로 꼽히는 조건을 갖추고 있었다. 3년 사이 나아진 조건이라곤 원룸을 벗어난 것뿐이었다.

물론 내 반려자가 될 가능성이 가장 큰 섭이는 탱구의 임보를 응원할 뿐 아니라, 내가 하는 일이라면 모두 지지해 주는 사람이었다. 순구와 살구도 20년을 책임질 미래를 함께 계획하며 데려왔지만 이번엔 고민의 종류가 좀 달랐다. 원래 우리가 상상했던 가족계획 속 고양이는 둘뿐이었다. 두 사람 다 아이를 갖는 것에 대해선 회의적이었지만, 셋째 고양이를 들이는 건 깊이 생각해보지 않은 일이라 내가 원하고 그가 응원한다 해서 쉽게 결정할 문제는 아니었다.

봄방학 때 제주도에 내려와 탱구의 육아에 동참하고, 계단 난간에 밧줄을 묶어 안전장치도 만들어주며 누구보다 탱구를 챙겼던 섭이에게 입양 의사를 물었다. 섭이는 쉽게 동의했지만 "이번이 마지막 입양이었으면 좋겠다"고 했다.

그 말이 마음에 걸렸다. 내 욕심 때문에 섭이를 희생시키는 건 아닐까. 여행을 좋아하고 앞으로 함께하고 싶은 게 많은 우리가, 서른 초반인 지금부터 50대 전후가 될 때까지 고양이 세 마리를 키우며 감내해야 할 모든 일들을 생각했다. 내가 데려온 고양이니까 나에겐 당연한 일이지만, 섭이도 그 고민을 함께 떠안아야 한다는 게 미안했다.

물론 섭이도 동네 길고양이들에게 밥을 주고 있고, 순구와 살구를 자식처럼 아꼈으며 탱구 또한 사랑해줄 것이 분명하지만 쉽게 결정할 수 없었다. 한 마리도 아닌 고양이 세 마리와 함께 산다는 걸 그의 부모님이 어떻게 생각할지도 모르는 일이었다.

하지만 탱구를 다른 곳에 보낼 생각을 하니 마음이 괴로웠다. 결국 내가 더 잘하면 해결될 문제가 아닐까. 일도 더 열심히 하고, 건강관리도 잘 해서 탱구까지 스스로 책임질 수 있는 사람이 되기로 다짐했다. 입양을 결정하면서 건강한 삶에 대한 동기 부여가 더 강해졌다. 섭이는 그런 내 변화를 대견해하며 탱구에게 더욱 고마워했다.

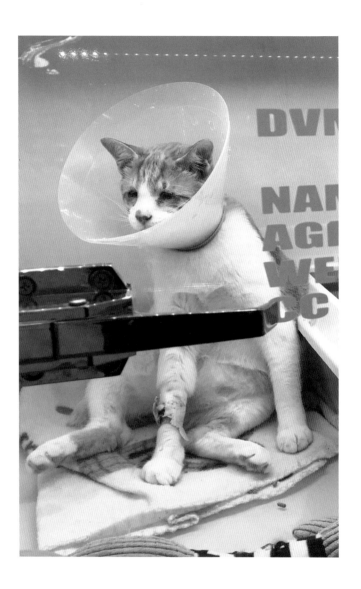

잊을 수 없는 목요일의 사고

탱구와 함께 산지 석 달쯤 지나니 처음에는 조심했던 일들도 자연스러운 일상이 되었다. 순살이가 양보해 준 침대를 차지한 탱구는 늘 내 곁에 껌딱지처럼 딱 붙어 함께 잤다. 서로의 삶에 스며든 우리에겐 더는 긴장하거나 신경 쓸 일이 없었다. 탱구가 앞을 볼 수 없다는 사실도 종종 잊고 지낼 만큼 무탈한 일상에 익숙해져 갔다.

그렇게 평화롭던 어느 목요일, 사고가 터졌다. 2층에서 청소를 시작하는데 쿵 소리가 났다. 청소기 소리에 놀라 달아나던 탱구가 그만 2층에서 추락한 것이다. 비명을 지르며 뛰어 내려간 곳엔 탱구가 부들부들 떨고 있었다. 심장이 얼어붙는 것 같았다. 뒷다리를 저는 탱구를 이동장에 태우고 차에 실었다. 가까운 병원에 전화해봤지만 골절상까지 봐줄 수 있는 곳은 없었다. 한 시간 거리의 동물병원까지 달리면서 시골에 사는 나를 처음으로 원망했다. 병원에 도착하고 나서야 탱구가 차에서 오줌을 싼 걸 발견했다. 오줌을 지렸다면 척추나 신경 손상일 수 있다는 선생님의 말에 너무 불안했다.

차에서는 아무 소리도 안 내고 조용하던 탱구는, 의사 선생님이 다리를 만지자 처음 듣는 무서운 목소리로 비명을 질렀다. 엑스레이를 찍을 수 없을 만큼 흥분해서 발버둥 치는 바람에 안정제 주사를 놓아야 했다. 그때까지도 자기에게 무슨 일이 일어났는지 이해하지 못한 듯했다. 엑스레이 판독 결과 오른쪽 뒷다리 무릎 위가 골절되어 있었다. 그 병원에서도 골절 치료는 할 수 없다며 다른 병원을 소개시켜줬다.

곧바로 소개받은 병원으로 이동해 다시 검사했다. 당장 수술해줄 줄 알았는데, 장기 손상이나 폐출혈이 일어나면 더 위험하다며 이틀 정도 두고 보다 수술하겠다고 했다.

'그럼 오늘 탱구랑 같이 집에 돌아가지 못하는 걸까?'

얼마나 안 좋기에 그럴까 싶어 눈앞이 캄캄해졌다. 다행히 혈액 검사 결과 큰 출혈은 없었지만, 서서히 출혈이 진행될 가능성을 배제할 수 없어 병원에서 대기해야 한다고 했다. 선생님이 새로 찍은 엑스레이 사진을 보여주었을 때 울음이 터졌다. 그나마 다리뼈가 조금 붙어 있던 첫 사진과 달리, 뼈가 아예 두 동강 나 있었다. 선생님은 수술하면 괜찮을 거라 했지만 눈물이 멈추지 않았다. 유리 상자로 된 입원실에 누운 탱구를 붙들고 펑펑 울었다.

모든 게 다 내 탓 같았다. 말도 못 하는 아이가 얼마나 아플까, 이 안은 또 얼마나 답답할까, 가슴이 찢어졌다. 내가 조금 더 꼼꼼했다면 막을 수 있는 사고였는데. 탱구가 겪을 상상 못할 고통을 덜어줄 방법이 없어 더 미안했다.

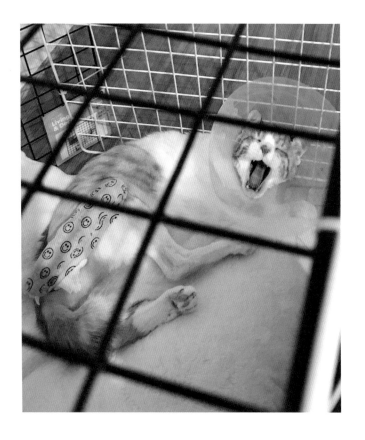

부모 마음이 이런 걸까

다행히 장기에는 별다른 손상이 없다고 해서 부러진 다리뼈를 핀으로 고정하는 수술을 받기로 했다. 그런데 막상 상처를 열어보니 예상과 달리 골절 상태가 심각했다. 의사 선생님은 2개의 핀으로 고정하는 수술을 예상했지만, 뼈들이 산산조각 나 있어서 더 많은 핀으로 일일이 고정시켜야 했다. 사라진 부위를 맞추느라 수술 시간이 길어지고 비용도 훨씬 커졌다.

늘어난 핀을 고정하기 위한 받침대가 피부 밖으로 드러나 있어 우려해야 할 부작용과 합병증도 늘어났다. 핀과 받침대를 제거하기 전 두 달간은 집에서도 좁은 공간에 갇혀 있어야 했고, 소독을 위해 이삼 일에 한 번씩 집에서 왕복 100km 거리에 있는 병원을 왕복해야 했다. 의사 선생님이 병원비를 할인해 주셨고 섭이도 도와줘서 수술비는 마련했지만, 수업 스케줄과 기름 값도 걱정하지 않을 수 없었다. 그 먼 길을 차로 오가며 탱구가 받을 스트레스까지도. 수술만 잘 끝나면 다행이라 생각했지만, 그때부터가 시작이었다.

하지만 돈과 시간을 써서라도 탱구가 건강을 되찾고 다시 함께할 수 있다는 게 기적 같았다. 사고를 겪으며 내 안에서 일어난 변화도 있었다. 탱구 병원비 마련을 위해 외식을 끊었고, 휴대전화 요금제를 싼 것으로 바꿨고, 내일 망해도 오늘은 사 먹겠다던 커피도 참았다. 연비가 나쁜 차 때문에 늘 기름 값 걱정을 달고 살았지만, 탱구 병원에 다닐 때는 기름 값이 아깝지 않았다. 부모님이 가끔 단체여행으로 제주도에 와서 탱구가 있는 병원 근처 지역에 머물 때도 너무 멀다며 한 번도 간 적이 없었는데, 탱구의 치료에 꼭 필요한 거라고 생각하니 전혀 멀지 않게 느껴졌다. 그건 죄책감 때문은 아니었다. 알 수 없는 그 복잡한 마음을 설명하기가 어려워 '자식 가진 부모 마음이 이런가 보다'라는 표현밖에 할 수 없다.

다행히 탱구도 병원에서 씩씩하게 견뎌주었다. 엄마가 다녀가면 울지만, 평소엔 밥도 물도 잘 먹고 혼자 걸으려 한다고도 했다. 드디어 탱구가 퇴원하던 날, 집에선 탱구가 묻혀 온 병원 냄새 탓에 처음 만난 사이처럼 리셋되어 버린 합사를 새롭게 시작해야 했다.

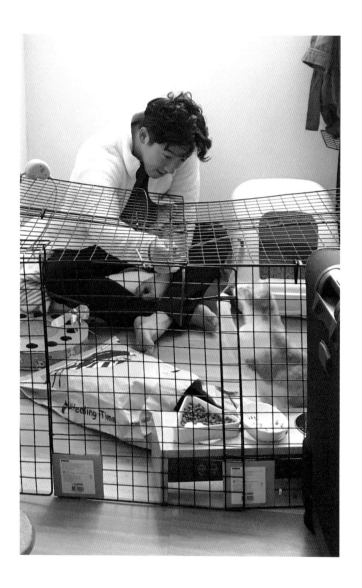

가족애라는 감정

가족애란 뭘까. 생각하면 애틋하고 마음 저리는 감정이 여느 사람들이 느끼는 가족애라면, 난 그런 감정을 잘 안다고 말할 수 없을 것 같다. 사춘기 시절부터 늘 '내가 선택한 가족'을 꿈꾸었다. 원가족에게서 도피하고 싶은 마음에 예전부터 소망해온 일이었다. 가족 1호인 순구를 시작으로 섭이가 가족 2호가 될 뻔했지만 파혼으로 무산됐고, 뒤이어 들어온 살구와 탱구가 각각 가족 2호, 3호가 되었다.

탱구와 살기 시작할 무렵 잠잠했던 비염 증상이 도져 괴롭던 때가 있었다. 새로운 고양이 털에 익숙해지기까진 항상 몸이 적응할 시간이 필요했다. 어느 날 아침, 쏟아지는 콧물과 재채기 때문에 숨을 쉬기 어려워 화장실로 뛰어갔는데, 늘 닫아두는 탱구의 격리 방 문이 열려 있었다. 그런데 섭이가 자다 깬 부스스한 머리로 네트망 안에서 탱구와 놀아주고 있는 게 아닌가.

너무나 사랑스러웠다. 그리고 가슴 한 구석이 저릿했다. 아아, 이런 마음이구나. 이렇게 기분 좋은 저릿함이 가족애가 아닐까? 꿈꾸던 가족의 이상형이 멀리 있지 않다는 생각에 행복해졌다.

폭설이 지나간 겨울, 밖엔 눈이 소복이 쌓이고, 데크엔 밥 먹으러 온 길고양이 발자국이 뚜렷하고, 바람은 그치고 해가 비추던 그날 아침의 기억은 사진처럼 선명하게 남아 있다.

따뜻한 무게

　알렉산더 페인 감독의 영화 《다운사이징》에는 인구 과잉의 해결책으로 인간 축소술이 등장한다. 제한된 지구 환경과 경제적인 이유 등으로 사람들이 실제 크기의 0.03%로 몸을 줄이는 기술이다. 다운사이징을 하면 인간이 배출하는 환경폐기물도 줄지만, 작은 사람이 먹고 사는 데는 훨씬 적은 양의 물건만 있어도 되므로 같은 금액의 돈이 예전의 120배 이상의 가치를 얻게 된다. 1만 원이 120만 원의 가치가 되다 보니, 영화 속에선 적은 돈으로 부자처럼 살기 위해 다운사이징을 선택하는 사람들이 대부분이었다.

　영화를 보는 내내 섭이와 나도 과연 저렇게 살 수 있을지 의견을 나누었다. 나는 불가능하다는 결론을 냈는데, 그 이유는 나보다 큰 사람들(그리고 동물들)이 존재하기 때문이다. 다운사이징에 반대하는 누군가 나쁜 마음을 먹거나, 전쟁이 발발하거나, 함께 사는 고양이가 장난을 친다던가, 어떤 이유에서든 작아진 존재는 불리한 상황에 놓일 것이라는 불안이 경제적, 환경적 이득을 이길 거라 생각했다.

　그런 생각을 하다 보니 나를 믿고 내 몸에 기대어 자는 고양이들이 눈에 들어왔다. 나는 나와 비슷한 크기의, 말이 통하는 인간끼리도 잘 믿지 못하는데 이 아이들은 무슨 마음으로 사람을 믿는 걸까? 잠결에 실수로라도 깔고 자면 톡 부러질 것 같은 가느다란 목을 지닌 아이들이 내게 몸을 완전히 맡길 때면, 따뜻하지만 무거운 벽돌 같은 것이 가슴에 얹힌다. 제 곁의 사람이 해치지 않을 거라고 굳게 믿는 그 마음의 무게가 느껴져서.

　잠든 아이들에게 다가가 턱을 긁어주면, 눈을 감고 그윽한 얼굴로 고개를 쳐들고 기분 좋은 순간을 느끼다가 내 손에 턱과 얼굴을 푹 기대고 잠든다. 이 작은 아이가 나에게 주는 그 믿음의 무게는 행복한 책임감으로 돌아온다. 그 따뜻한 무게가, 일상을 살아가는데 생각보다 큰 힘이 된다.

동네에서 소문 난 호구네 맛집

제주도에 온 후 길고양이들의 밥을 챙겨준 지도 3년이 넘었다. 나란 존재의 쓸모를 찾고 싶어서 시작한 일이, 이젠 하루도 거를 수 없는 임무가 되었다. 아침에 커튼을 열 때마다 길고양이 밥그릇이 비어 있지는 않은지 확인하고 그릇에 밥을 채운다. 아무리 늦잠을 자도 건너뛸 수 없는 일이다. 밥 주다가 수업에 늦어도 겨우 5분쯤 지각할 뿐이지만, 길고양이들은 하루 종일 굶어야 한다고 생각하니 내가 늦는 쪽이 마음 편했다.

처음엔 그저 오고가며 배고프지만 않길 바라는 마음에 밥을 주기 시작했는데, 자주 만나는 아이들과 정이 들다 보니 북어 트릿이랑 고양이용 참치 캔까지 내주면서 점점 더 가까워졌다. 처음엔 하악질을 하고 도망가던 애들도 이젠 문 앞에서 냥냥거리며 '북어 아줌마'인 나를 찾는다. 호구네 맛집은 겨울엔 사료 소모량이 반으로 줄었다가 봄이 되면 새로운 얼굴의 등장과 함께 붐비기 시작하고, 가을에는 본격적인 성수기를 맞이한다.

찾아오는 고양이들은 주기적으로 바뀌지만, 지금 사는 집에 이사 온 후로는 2년 넘게 알고 지내는 단골손님들이 생겼다. 창밖 데크에 사료와 물을 놓은 첫날부터 찾아와준 모녀 고양이, 동네 대장 포스를 자랑하는 치즈, 겁 많은 파란 눈동자의 카오스 예쁜이와 늘 몰려다니는 삼총사 고양이까지, 하루 평균 손님은 열 마리를 거뜬히 넘긴다. 손님을 하도 많이 받다보니 이젠 누가 수컷이고 암컷인지, 그들 간에 교류하는 몸짓과 경계하는 목소리만으로도 대충 감이 잡힌다. 사료 맛집으로 동네에 소문이 났는지 순구와 살구가 한 달은 먹을 고봉밥을 하루 이틀 만에 거뜬히 해치우는 녀석들 덕분에 월 30kg 이상의 매출, 아니 지출을 기록하고 있다.

가을 즈음부터 날이 추워져서 스티로폼 집, 리빙박스를 개조한 집, 하다못해 순살이 숨숨집까지 내줬지만 길고양이들 중 아무도 꾸준히 쓰지 않았다. 많은 고양이들이 오고가는 곳이라 안전하게 느껴지지 않아서 그렇다는 걸 나중에 알았지만, 비나 눈이 오는 날이면 '집에 들어가서 좀 피하지' 하는 생각에 안타까운 건 어쩔 수 없다.

지난 12월을 마지막으로 치즈 대장이 보이지 않는다. 어디 사는지 모르니 찾아 나설 수도 없다. 워낙 많은 고양이들이 오가는 곳이라 서열이 밀려 오지 못하는 경우도 있을 것이다. 이런 일이 생길 때마다 그 아이들이 찾아오지 않으면 만날 수 없는 사이라는 걸 새삼 느낀다. 아이들에게 이름을 지어주지 않고 무늬로만 부르는 것도 그래서다.

데크를 찾는 단골 식객들

기약 없이 기다려야만 하는 입장에선 자주 만나는 단골손님이 늘 고맙다. 특히 매일 오는 고양이 모녀와 친해졌는데, 언제부턴가 엄마 고양이가 안 보였다. 먹이가 있는 안전한 영역을 자식에게 물려주며 독립시키고 엄마는 떠났을 거라 했다. 그 말에 '그냥 딸이랑 같이 와서 먹지, 쟁여둔 참치 캔 많은데…' 생각하며 안타까워했다.

찾아오는 길고양이 중에 가장 눈에 밟힌 건 엄마 고양이가 독립시킨 아이였다. 내 눈엔 아직도 작은 아기로만 보여서 '애기'로 불렀다. 그 고양이는 어느 날 임신해서 배가 빵빵해진 모습으로 나타났다. 밥이 없으면 달라고 요구하는 목소리도 커졌다. 저 작은 아이가 엄마가 되다니. 길고양이의 출산을 함께 지켜보는 경험은 삼대가 덕을 쌓아야 가능할 만큼 드물다고 해서 내심 그러길 바랐지만, 당시에는 병원에서 갓 퇴원한 탱구를 돌보던 때라 해줄 수 있는 건 배불리 먹을 수 있는 사료와 깨끗한 물을 챙겨주는 일 뿐이었다.

'출산해서 돌아오면 닭가슴살 삶아줄 테니, 건강하게 키워서 나중에 꼭 아이들도 데리고 와 주렴. 네 엄마가 그랬던 것처럼.' 배가 티 나게 홀쭉해지진 않았지만 느낌상 애기가 출산했다는 걸 직감하고 아침저녁으로 참치와 닭가슴살을 배불리 먹였지만, 애기는 나날이 더 말라갔다. 그러더니 두어 달 후에 새끼 고양이 한 마리를 데려왔다. 얼굴은 작고 발은 큰 턱시도 고양이였다. 애기가 낳은 애기라는 뜻에서 '애기애기'라 불렸고, 원래 '애기'로 부르던 아이는 '애기엄마'가 되었다.

출산 직전 나타난, 애기와 똑같이 생겨서 남매가 아닐까 싶은 또 다른 고등어 무늬 고양이와 셋은 가족을 이뤘다. 이 고등어 고양이는 처음으로 데크에서 먹고 자기 시작한 녀석이라 '데박이(데크 붙박이)'라고 이름 붙였는데, 털 무늬가 애기엄마와 똑 닮았다. 데박이는 애기애기의 아빠 역할을 톡톡히 했다.

애기가 애기를 낳다니, 젖 먹이느라 너무 여윈 애기가 마음 쓰여 처음으로 TNR을 고민했다. 나라에서 중성화 수술을 지원해 준다지만 수술 후 관리해 줄 자신이 없었고, 내 건강상의 이유로 밥 주는 것 이상의 관계로는 엮이고 싶지 않았기에 애써 외면해온 문제였다. 그러나 쑥쑥 커가는 애기애기, 날로 포동포동해져가는 데박이에 비해 애기엄마는 새끼를 키우느라 그런지 유난히 말라 안쓰러웠다. 그런 애기엄마를 보니 중성화 수술을 해 주자는 쪽으로 생각이 바뀌어 갔다.

TNR까지 할 줄 몰랐어

너무 무더운 한여름이라 '조금 시원해지면 알아봐야지' 생각하다 한 달이 흘렀을 무렵, 애기엄마의 배가 다시 불러왔다. 이미 늦었구나 싶었다. 게다가 데박이까지 임신한 애기엄마에게 올라타 짝짓기를 시도했고, 틈만 나면 덮치려 했다. 이대로 내버려두면 애기엄마의 삶이 너무 힘들 것 같아 TNR 결심을 굳히는 계기가 되었다.

알아보니 암컷은 출산 후 두 달은 기다려야 중성화를 할 수 있다고 해서 데박이부터 중성화 수술을 해 주기로 마음먹었다. 시청에 문의하고 면사무소에서 포획틀을 빌려왔지만, 막상 데박이가 며칠간 나타나지 않아 제일 어린 애기애기부터 먼저 포획을 시도했다. 아무것도 모르고 포획틀 앞에 앉아 있는 애기애기를 보니, 내가 무슨 짓을 하나 싶어 망설여졌다. 밥을 준다고 그들의 삶에 개입할 권리가 있을까. 이게 옳은 일일까 싶었지만, 곁에서 반복적인 출산을 지켜보는 것보단 낫다고 생각했다.

제일 먼저 포획된 것은 애기애기였다. 암컷인 줄 알았는데 알고 보니 수컷이었고, 사흘 정도 병원에 있을 줄 알았는데 수컷은 암컷보다 회복이 빨라 하루 만에 돌려보내준다고 했다. 민박집 공사로 바쁜 시기라 수술 후 제대로 돌봐주지 못할 것 같아 의사 선생님께 하루 더 보호를 부탁드리고, 내가 직접 데리러 가겠노라 했다. 그 후에 데박이도 성공적으로 수술을 마쳤지만, 애기는 아직 출산 후 회복중이라 병원에서는 "두 달 후 새로운 아기들과 나타나면 그때 데려오라"고 조언해 주셨다.

그 사이 새로 나타난 치즈 아기는 도대체 어디서 온 걸까? 데박이와 애기엄마 사이에서 태어난 거라고 보기엔 시기상 너무 컸다. 처음 나타난 그 날부터 애기애기와 데박이에게 붙임성 좋게 부비며 애교부리더니 우리 집 데크에서 먹고 자기 시작했다. 혹시나 싶어 만들어준 스티로폼 집도 그날 당장 사용하며 나의 노력을 매우 보람차게 만들어준 녀석이었다.

잠시 일을 그만두고 곧 문을 열 민박집 공사에만 집중하는 상황이라 수입은 줄었지만, 아이들에게 퍼 주는 참치와 북어 간식이 하나도 아깝지 않을 정도로 데크 고양이들은 매일 나를 뿌듯하고 행복하게 해 주었다. 지금 우리 집 데크에는 애기엄마, 데박이, 애기애기, 치즈가 가족을 이뤄 매일 아침저녁으로 나를 배웅하고 반겨준다. 그해 책정된 TNR 예산이 다 소진된 바람에 애기엄마와 치즈의 수술은 이듬해 1월을 기약하기로 했다. 그동안 우리 집 데크를 거쳐 간 이쁜이와 치즈 대장을 비롯한 모든 아이들이 부디 어디선가 다른 집 데크에서 배불리 먹고 자며 지내고 있기를 빈다.

개바람, 냥바람, 늦바람

제주도에 온 뒤 눈에 들어온 길고양이와 들개들 걱정에 잠을 설치던 때가 있었다. 전에는 살면서 한 번도 관심 가진 적 없고, 딱히 불쌍하다고도 여기지 않던 애들이었다. 하지만 학교 캠퍼스에 살던 떠돌이 누렁이와 흰둥이를 입양 보낸 후, 숨어 다니는 고양이와 달리 사람이 좋다고 꼬리 흔들며 따라다니는 들개들이 눈에 들어왔다.

늦바람이 무섭다더니, 길 가다 목줄 없는 개나 고양이가 보이면 차부터 세웠다. 어디서 왔을까, 밥은 잘 먹고 다닐까, 주인은 있을까. 멈추는 곳마다 사료와 참치 캔을 부어놓고 다녔다. 내가 제대로 구조하지 못할 바엔 헛된 손을 내밀지 말아야 한다고 생각하면서도 계속 밥을 주고 있었다. 늘 보이던 길 아이들이 안 보이면 나쁜 상상을 하지 않으려 노력했다. 그렇게라도 버텨야 했다. 제주도엔 왜 이리 들개들이 많은지. 지금은 그 정도는 아니지만 한때는 길에 보이는 불쌍한 생명이 너무 많아 운전하고 다니는 게 힘들 정도였다.

몇 년 전까지 길에서 산책하는 반려견만 봐도 피해 갔던 내가, 이제 시골에 살며 거의 매일 보는 로드킬 사체도 그냥 지나치지 못했다. 지역번호와 120을 눌러 전화하면 동물 사체를 수거해 준다는 사실을 알고, 보일 때마다 신고했다. 작은 심리적 충격에도 여느 사람들보다 크게 흔들렸던 내 정신력으론 동물 사체를 직접 치워줄 용기까진 없어, 신고만 하고 다시 그 길을 지나며 확인하는 게 최선이었다. 길에 사는 저 동물들은 어디서 온 걸까, 저들이 살던 곳에 우리가 마음대로 길을 내고 집을 지어서일까? 어디부터 잘못된 건지 알 수 없었다.

누렁이와 흰둥이를 입양 보내며 제주도의 어두운 면에 대해서 알게 됐다. 1미터짜리 목줄에 묶여 마당에서 평생 살고 산책도 못 하는 것이 시골 개의 현실이었다. 제주도에선 아예 목줄 없이 풀어 놓고 키우는 경우도 많다. 그렇게 떠돌이 개처럼 풀어 키우는 아이들은 당연히 생명의 위협을 받는다. 여름엔 개장수들이 마구잡이로 잡아간다고 한다. 전국에서 가장 큰 개 농장이 제주에 있다는 말을 듣기도 했다.

차라리 그런 현실을 모르고 살았던 때가 마음 편했을까. 잘 모를 때는 시골에 사는 동물들이 자유로워 보여 부러워했지만, 동물에 대해 알면 알수록 유쾌한 일보다 안타까운 일, 화나는 일을 더 많이 접했다. 그러다 보니 자연스럽게 동물 복지와 보호법에 대해서도 관심을 갖게 되었다. 동물보호법 개정은 물론 온갖 동물 관련 국민 청원에 동참할 만큼 늦바람이 제대로 들었다. 이 싫지만은 않은 개바람, 냥바람이 분명 언젠가 마주할 작은 변화의 씨앗이 될 수 있을 거라 기대해 본다.

일단 육아 포기자로 살겠습니다

탱구가 퇴원한지 3주가 지났다. 그 시간이 하루처럼 흘러 시간과 기억의 경계가 없다. 좁은 공간에 갇힌 것도, 목에 찬 넥카라도 답답하고, 걷고 싶고 놀고 싶다며 종일 우는 탱구 때문에 하루도 푹 잔 날이 없었다. 다행히 별다른 트라우마 없이 사고를 극복했는지 탱구의 성격은 여전했다. 우는 걸 무시하면 악을 쓰면서 네트망을 부술 듯이 잡아 뜯고 매달렸다.

타고난 '집순이'지만 생계를 위해 어쩔 수 없이 밖으로 나가 일하는 내 입장에선, 전업주부로 육아만 하는 친구들이 부러웠다. 집에서 아이랑 노는 것만으로도 하루가 즐거울 텐데, 왜 자꾸 밖에 나가려 하고 복직하고 싶어 하는지 이해할 수 없었다. 탱구를 종일 돌보면서 그때의 무지했던 나를 반성했다. 먹이고, 재우고, 씻기고, 기저귀 가는 것 하나 없이 육아 발끝에도 못 미치는 수준으로 고양이 한 마리를 돌보는 것도 이렇게 힘든데. 엄마들은 진짜 대단하다.

잠을 못 자서 예민해진 것도 있지만, 잘 때 나오는 호르몬도 소중한 내 몸은 하루가 다르게 무거워져 갔다. 집에선 탱구를 돌보고, 밖에선 일을 하고, 중간 중간 왕복 100km 거리의 병원에 다녀오고, 때마침 여행 간 제순 언니의 집에 들러 탁묘까지 해 주며 몸이 하나인 게 원망스러웠다.

힘들 때마다 엄마 생각이 많이 났다. 엄마는 연년생인 우리를 돌보며 평생 회사도 다녔는데. 주변 워킹맘들 얼굴도 떠올랐다. 사실 잠을 못 자고 체력이 달리는 것보다 힘든 건, 이렇게 우는 탱구가 어떤 마음인지 알 수 없는 답답함이었다. 틈틈이 보여주는 편한 표정이나 골골송을 들으며 힘이 나는 순간도 있었지만. 억지로 약을 먹이면서도 스트레스 받지 않을까, 일하러 가면서도 낮에 외롭지 않을까 걱정에 걱정이 더해져 늘 심란했다.

힘들어도 모든 게 내가 자초한 일이기에 힘들다고 푸념하는 것도 미안했다. 늘 내 감정을 다 받아주는 섭이에게, 섭이가 말렸던 일을 벌여놓고 투덜거릴 순 없었다. 탱구의 입양과 수술 모두 전적으로 내 책임이기에, 좀비 같은 생활을 하면서도 모든 것을 감내했다. 이것만은 시간이 해결해줄 거라고 믿으며.

아기가 된 탱구를 돌보며 한 가지는 분명해졌다. 육아는 지금의 내가 감당할 수 있는 일이 아니라는 것. 결혼하면 언젠가 바뀔 수도 있는 마음이지만, 탱구 덕분에 미리 육아 체험을 간접적으로 해볼 수 있어 정말 다행이었다.

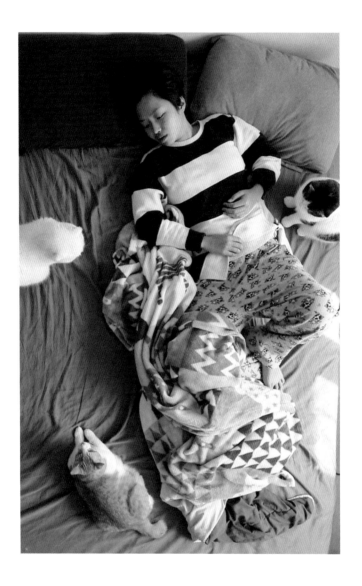

순살탱, 내 삶의 이유

순구를 첫 반려묘로 맞이하면서 고려하지 못한 게 하나 있었다. 인간보다 짧은 동물의 수명이다. 무지했던 그땐 고양이가 15년에서 길게는 20년도 산다는 말에 '생각보다 오래 사네?' 했다. 하지만 순구가 아프기 시작하면서 언젠가 마주할 이별에 대해 벌써부터 걱정되기 시작했다. '사람이든 동물이든 가는 데는 순서 없다'는 생각이 강했지만, 기대수명이 비교적 짧은 고양이들에 대해서는 미리 마음의 준비를 하고 싶었다.

어릴 적 막연히 상상해봤던 부모의 죽음은 별로 와 닿지 않아 오히려 슬프지 않았다. 하지만 하루도 빠짐없이 나와 붙어 있고, 화장실까지 따라오는 이 아이들의 부재는 상상하기 어려웠다. 그 순간을 떠올리기만 해도 눈물이 쏟아졌다.

입양 초기 순구가 더위를 먹고 많이 아팠던 날, 난 절대 혼자 살면 안 되겠다고 생각했다. 혼자 놀고, 여행하고, 집에 혼자 있는 걸 너무나 좋아하지만, 그런 나도 절대 혼자 견디지 못할 것 같은 순간-그건 반려동물의 죽음이었다.

고양이가 내 삶에 들어오면서, 내게 늘 1순위였던 섭이는 어느덧 순구와 살구에게 밀려 3순위가 되었고 '삼순이'라는 별명을 얻었다. 섭이는 나 없이도 살 순 있지만, 순살이는 나 없인 살 수 없으니까. 순살이에 대해 비슷한 마음을 갖고 있는 섭이도 그건 인정했다. 탱구를 입양한 뒤 섭이가 마지막으로 우리 집에 합류한 바람에, 가족이 된 순서대로 서열을 정리하다 보니 섭이에겐 '막내'라는 새 별명까지 생겼다.

가끔 아파서 모든 걸 그만두고 싶어지고 삶의 의욕을 잃을 때면 섭이가 이렇게 말한다. 순살이는 어떡하느냐고. 이 말만큼 나를 다시 정신 차리게 하는 말이 없다. 순살탱 삼 형제는 어느덧 내 삶의 이유가 되어 있었다.

의식주만 해결해 준다고 좋은 부모가 되는 게 아니기에, 이 아이들이 심리적으로 안정감을 느끼는지, 꾹꾹이를 할 때 정말 행복한지 궁금하다. 그러려면 내가 더 건강하게 잘 지내야겠지. 고양이의 안부를 걱정하다 오늘도 자기반성으로 하루를 마무리한다. 부족한 내 곁에서 순구, 살구, 탱구가 오래오래 함께해 주길 바라면서.

가족의 완성

2018년 10월, 창밖에는 억새가 일렁이고 순살이와는 네 번째, 탱구와는 처음 함께 맞이하는 가을이 깊어갔다. 탱구의 사고가 난 날로부터 어느덧 6개월이 지났다. 그동안 기억할 만한 일들이 많았음에도 내 시간의 기준을 그날로 두는 걸 보면, 2018년에는 그날이 가장 큰 사건이었나 보다.

수술 2개월 후 철심을 빼고 몇 주간 더 다리를 절던 탱구는 언제 아팠느냐는 듯 뛰어다닌다. 골절 후유증으로 앉거나 눕는 자세가 조금 바뀌긴 했지만 일상생활에는 아무 지장이 없다. 망각의 힘은 강해서 나 또한 탱구의 사고를 잊고 지내다가, 문득 생각날 때만 잠시 '참 다행이다' 한다. 그렇게 목요일마다 반복되던 트라우마도 다 잊은 일상으로 돌아왔다.

큰형 순구는 탱구와 부쩍 가까워져서 철없이 들이대는 막내를 곧잘 받아준다. 아쉽게도 탱구의 애정표현은 그루밍이 아닌 깨물기로 밝혀져, 고양이들끼리 그루밍을 하는 장면은 볼 수 없지만 그래도 둘이 붙어 있는 모습은 우리를 웃게 한다.

수술 후 재합사 과정에서 탱구를 가장 경계하던 살구와도 관계가 많이 좋아져서, 가끔 들이대는 탱구를 참아주기도 한다. 요즘 가장 많이 보는 건 살구와 탱구가 함께 우다다를 하는 모습이다. 살구가

1, 2층을 오르락내리락 뛰어다니면 탱구가 그 뒤를 쫓는다. 그럼 우리 집엔 5~6kg에 달하는 '한때 수컷'들이 계단에서 쿵쿵 내는 발자국 소리가 크게 울린다.

이 추격전에 종종 순구까지 합세해 세 마리가 집 구석구석을 돌아다니며 털 날리는 모습은 꽤나 뿌듯하다. 언젠가 섭이와 같이 살 생각으로 빌려놓고 혼자서만 쓰던 큰 집을 이렇게 알차게 활용할 줄이야. 누군가는 비웃을지 모르지만 요즘 "자식 농사 참 잘 지었다"는 말을 자주 한다. 삼 형제가 같이 뛰어놀 뿐만 아니라 한데 모여 자는 걸 보면, 정말 "자식들을 보고 있으면 안 먹어도 배부르다"는 말을 만든 선조들에게 박수를 보내고 싶다.

고양이를 향한 마음을 함께 느끼고 나눠 온 섭이는 '가족 4호'이자 남편이 되었다. 적당한 시기에 일이 잘 풀린 덕분에 평소 바라던 대로 혼수, 예단, 결혼식 없이 혼인신고만 했다. 한동안 섭이의 직장 문제가 해결되지 않아 '롱디 커플'에서 '월간 부부'로 한 달에 한 번 만나며 지냈지만, 2018년 여름 혼인신고를 올리면서 세 마리 고양이와 남편을 합쳐 총 다섯의 공식적인 가족이 생겼다. 내가 선택한 가족을 늘 염원했지만 이 정도 규모의 대가족은 아니었는데, 결혼하자마자 다섯 식구가 되다니. 우리가 원하는 방식의 결혼을 존중해 준 아빠와도 예전보다는 한결 누그러진 사이가 되었다.

사실 탱구의 갑작스러운 수술로 자금난을 겪으면서 고민이 많았다. 어려운 시절을 함께 견디며 섭이와의 관계가 더 돈독해지긴 했지만, 더는 하루살이처럼 버는 만큼만 먹고 살면 안 될 것 같았다. 남편에게 의존하고 싶지도 않았고, 언제 어떻게 생길지 모르는 고양이들 병원비에 허덕이고 싶지 않았다. 건강이 허락하는 하에 지금보다 좀 더 안정적으로 먹고 살 궁리를 하다 보니 민박에 관심이 생겼다. 올해 초 잠시 아팠을 때부터 조금씩 준비했던 민박을 결혼식 대신 본격적으로 준비하기 시작했다.

이렇게 장기적인 미래를 생각하는 것 자체가 나에게는 큰 변화다. 갑작스럽게 병을 얻어 아프고 난 뒤부터 '어차피 가는 데는 순서 없어. 살아봐야 얼마나 더 살겠어'라는 생각을 늘 했다. 그렇게 늘 비관적인 쪽으로만 치닫던 마음이 새로운 가족의 힘으로 바뀌었다. 30년에 걸쳐 갚아야 할 큰 빚이 생긴 탓에 더는 하루살이처럼 살 순 없지만, 덕분에 우리 가족의 앞날을 좀 더 멀리 볼 수 있게 되었다.

그건 오늘 하루를 살아가는 원동력이 된다. 꿈이 없던 나에게 꿈 비슷한 게 생긴 기분이랄까. 늘 혼자인 모습으로 그리곤 했던 인생에 조금씩 스며든 가족, 우리가 함께 만들어낼 하루하루는 내게 아직도 어색한 가족이란 단어를 좀 더 친근하게 만들어 주겠지.

이제 우리는 '순살탱 가족'이라는 이름으로 다함께 살아간다. 앞으로 제주에서 이어질 나날이 정말 기대된다. 나와 섭이의 관계보다도 더 떨리는 순살탱과 섭이의 관계-네 남자들의 케미스트리가 얼마나 사랑스러울지 말이다.

그리니제주

순살탱과 동네 길고양이가 어우러진 풍경을 인스타그램에 올릴 때마다 유학 시절 별명이었던 '그리니(greeny)'를 따서 #그리니동물농장 태그를 붙이곤 한다. 그린그린한 귤밭 한가운데 위치한 민박집에도 '그리니제주'라는 이름을 붙였다. 지금은 그리니동물농장 아이들과 함께 이주를 꿈꾸며 민박집 옆에 조그만 집을 지을 생각에 열심히 준비하고 있다.

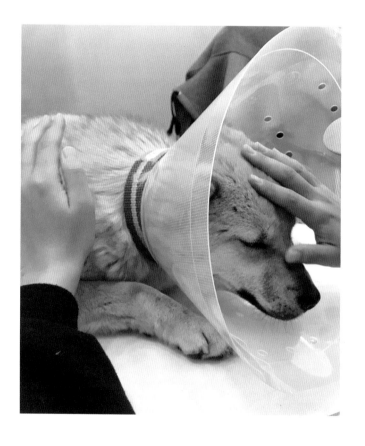

에필로그

　민박집 주변에 사는 떠돌이 개들과 친해지면서 개를 키우고 싶은 마음이 커져가던 무렵, 다시 도진 '개바람'을 잠재우려고 강형욱 훈련사의 《당신은 개를 키우면 안 된다》를 읽으며 마음을 다잡았다. 아무리 개가 좋아도 잘 키울 확신이 서지 않는다면, 아직은 안 된다고 생각했다.

　그러던 어느 날, 편의점에 다녀온 남편이 발을 다친 개를 봤다며 동영상을 보여줬다. 며칠 뒤 실제로 만난 개는 절뚝거리며 찻길을 배회하고 있었다. 아파 보였지만 경계심이 심해 병원에 데려갈 수 없었다. 대형견 구조 방법을 검색하다 제동친(제주동물친구들)에 문의 전화를 했고, 데크 고양이들 TNR을 맡았던 시청 포획팀 도움으로 다음날 아침 마취총 포획에 성공했다. 제동친에서는 "유기견 보호소에 오래 있으면 병에 옮을 확률이 높으니, 바로 임보 신청을 하고 데려오는 게 좋겠다"고 조언했다.

　다음날 보호소에서 전화가 와서 "이렇게 사나운 개를 어떻게 보호할 거냐"며 마취가 풀리기 전에 빨리 데려가라고 했다. 개를 키워본 적도 없으면서 또 머리보다 마음이 앞서버린 나는, 결국 사람 손도 타지 않는 개의 임보를 시작하고 말았다. 산방산 앞에서 구조됐으니 돌림자인 '구'를 써서 산방구라고 불렀다.

임보 초기엔 가까이 가기만 해도 으르렁거리는 통에 상처는 구경도 못 하고 병원에 데려가기까지도 오래 걸렸다. 검진해 보니 나이는 한 살로 추정되고 심장사상충에 감염되어 있었다. 다친 부위는 덫에 걸렸는지 뒷다리 발톱 부분이 날카롭게 잘려나갔다. 병원에서는 뒷다리 전체 절단 수술을 권했다. 발을 딛을 때마다 계속 상처 부위가 헐어 평생 고생할 거라며, 자르는 게 나을 거라고 했다.

절단 수술보다 방구가 행복하게 지낼 수 있는 대안을 찾기로 했다. 일단 상처 반대 부위로 걷는 걸 연습시켰다. 다친 발에는 붕대를 감고 신발을 신겼다. 그냥 신발을 신기면 상처 부위가 덧나기 때문이다. 산방구는 치료를 받으며 조금씩 마음을 열었고, 신발에도 잘 적응해 지금은 여느 개처럼 잘 뛰어다닌다.

심장사상충 치료를 마치면 입양처를 구할 계획이었지만, 2개월간의 임보가 끝난 뒤에 결국 우리가 입양하게 되었다. 다른 개보다 손이 많이 가는 것도 걱정이었지만, 어렵게 마음을 연 방구를 다른 사람에게 보낼 수 없었다. 순살탱 삼 형제와 나, 막내 섭이-이렇게 우리 가족이 완성된 줄 알았지만, 결혼하자마자 또 식구가 늘어 여섯이 되었다.

처음 만났을 때와 지금 방구를 비교해보면 표정이 정말 다르다. 두려움에 떨던 얼굴은 활짝 웃는 표정으로 바뀌었다. 사랑의 힘이 이런 거구나 싶다. 섭이와 함께 신나게 시골길을 내달리는 방구를 보면 덩달아 기분이 좋아진다. 변한 건 방구뿐만이 아니다. 천상 집순이여서 집에만 있던 내가, 방구 덕에 산책하는 시간을 좋아하게 됐다. 너무 익숙해서 오히려 잘 몰랐던 제주를 매일 새롭게 발견하는 기분이다. 앞으로도 방구와 함께 그 아름다운 풍경을 계속 보고 싶다.

내가 선택한 가족

글 김주란

영국 유학 시절부터 혼자 열여덟 번 이사를 다니며 '내 집'에 대한 갈망과 정착에 대한 소망이 커졌다. 경영학을 전공하고 귀국 후 엔터테인먼트 회사에서 프로모션 업무를 했지만, 소모적인 직장생활에 지쳐 퇴사했다. 프리랜서를 꿈꾸던 무렵 난치병인 섬유근통 증후군 진단을 받았고, 제주로 1년간 요양 와서 영어를 가르치며 지냈다. 몸과 마음을 치유해 준 제주에 정착하기로 결심한 뒤 '그리니제주'라는 이름의 민박도 시작했다. 고양이 순살탱과 작년에 남편이 된 섭이, 최근 구조한 유기견 산방구까지 여섯 식구가 살 집을 꿈꾸며 직접 설계도를 그리고 있다.

고양이 순살탱
내가 선택한 가족

ⓒ 2019. 김주란

초판 1쇄 발행 2019년 9월 23일 │ 초판 2쇄 발행 2020년 7월 20일

글·사진 김주란 │ **일러스트** 김나영
펴낸이 고경원 │ **편집** 고경원 │ **디자인** Studio Marzan 김성미

펴낸곳 야옹서가 │ **출판등록** 2017년 4월 3일(제2020-000107호)
주소 (03925) 서울시 마포구 월드컵북로 400, 5층 23호
전화 070-4113-0909 │ **팩스** 02-6003-0295 │ **이메일** catstory.kr@gmail.com

---

ISBN 979-11-961744-6-0 03810

이 도서의 국립중앙도서관 출판예정도서목록(CIP)은 서지정보유통지원시스템
홈페이지(https://seoji.nl.go.kr)와 국가자료공동목록시스템(https://www.nl.go.kr)에서 이용할 수 있습니다. (CIP제어번호: CIP2019034491)

이 도서는 한국출판문화산업진흥원의 '2019년 출판콘텐츠 창작 지원 사업'의 일환으로 국민체육진흥기금을 지원받아 제작되었습니다.